네가 처음
엄마라고 부른 날

네가 처음 엄마라고 부른 날

일러스트레이터 홀링의 2인분 성장 일기

홀링 지음

북극곰

차 례

프롤로그

D-3

커튼은
빨았고...
이제 출산 가방도
싸 놔야 되는데
개똥이를 만나면
어떤 느낌일까?
내가 아기를
잘 키울수 있을까
윽... 갈비뼈
아프다
임신
출산
육아
소파랑
거의 한 몸

D-2

수술하고 나오면
많이 아플까?
제왕절개는
고통 후불제
라고 하던데
...
이제 당분간
그림은 못 그리겠지
하긴 백일까진
잠잘 시간도
부족하다니까
외출도, 외식도
하기 어렵겠지
산후 우울증
오면 어떡하지?
내 일상은
어떻게 바뀔까
출산 가방
싸는 중

D-1

여기 빙수
맛있다!
개똥이 낳고
다시 와야지
근데...
내가 엄마 역할을
잘할 수 있을까?
다른 사람들도
다 하니까
나도 할 수
있을 거야
하다 보면
되겠지?
미리 겁먹지
말자!
먹고 싶었던
팥빙수 먹는 중

part 1

개똥이가 태어났다

개똥이 처음 만난 날

D+1

개똥이가 태어났다. 수술실에서 잠깐 안아 보고
개똥이는 신생아실로 나는 입원실로 옮겨졌다.
건강하게 만나서 다행이다.
제왕절개는 마취가 풀리면 많이 아프다는데
아직까진 견딜 만하다.

실감

D+2

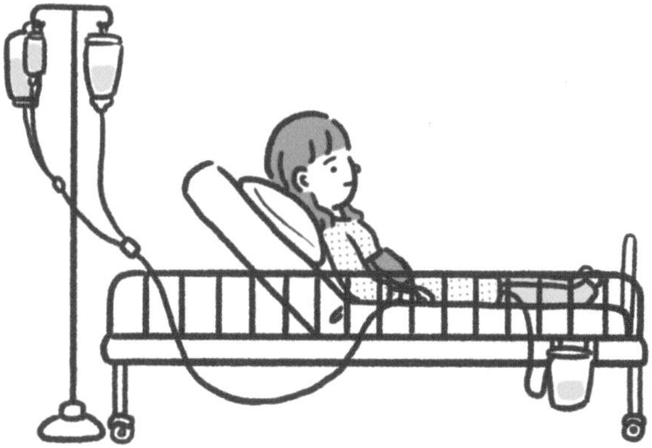

수술 이틀째. 오늘도 침대 밖으로는 나올 수 없다고 해서
답답한 시간을 견디며 일기를 쓴다.
남편이 찍어 온 사진으로 개똥이를 봤다.
나는 종일 누워 있고
남편은 방문하는 가족과 친구들을 안내하고
식사하러 다니느라 바쁘다.
누우면 발이 보이지 않을 만큼 나와 있던 배가 들어갔는데도
개똥이가 나갔다는 사실이 실감 나지 않는다.

나는 엄마가 될 준비가 됐을까?

D+3

사흘째, 침대 밖으로 나올 수 있게 되었다.
천천히 화장실로 걸어가
스스로 세수를 하고 로션도 발랐다.
그리고 엄청나게 작은 개똥이를 안고 수유를 했다.
개똥이는 내가 생각한 것보다 너무너무 작았다.
계속 잠만 자서 당황스럽다.

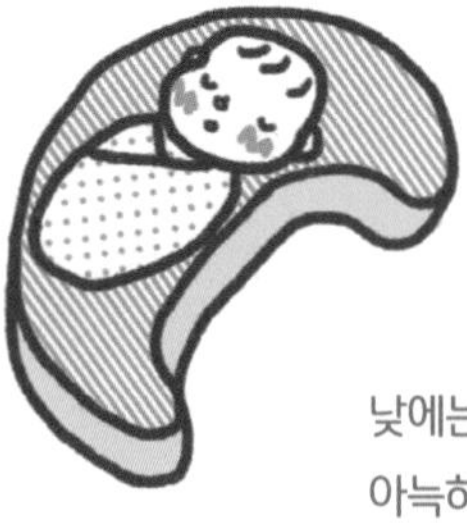

낮에는 기분이 괜찮았는데, 새벽에 갑자기 울음이 터졌다.
아늑하다고 생각했던 병실에 더는 있고 싶지 않아졌다.
남편한테 이제 우리 집으로 돌아가자고 말했다.
열 달 동안 개똥이가 태어나기를 기다렸는데
개똥이가 태어난 게 무섭다.
내가 엄마로서 아무런 준비가 되지 않은 것 같다.

멋쩍은 기분

D+4

어제부터 세 시간마다 모유 수유실에 가서
개똥이에게 젖을 주기 시작했다.
아기를 낳으면 자동으로 젖이 나오는 줄 알았는데
아직 젖이 나오지 않는다.
개똥이가 열심히 빨다가
소득이 없어서인지 갑자기 엉엉 울었다.
작은 아기가 온 힘을 다해서 우는 모습을 보니
안쓰럽고, 미안하고, 멋쩍다.

젖이 나온다

D+5

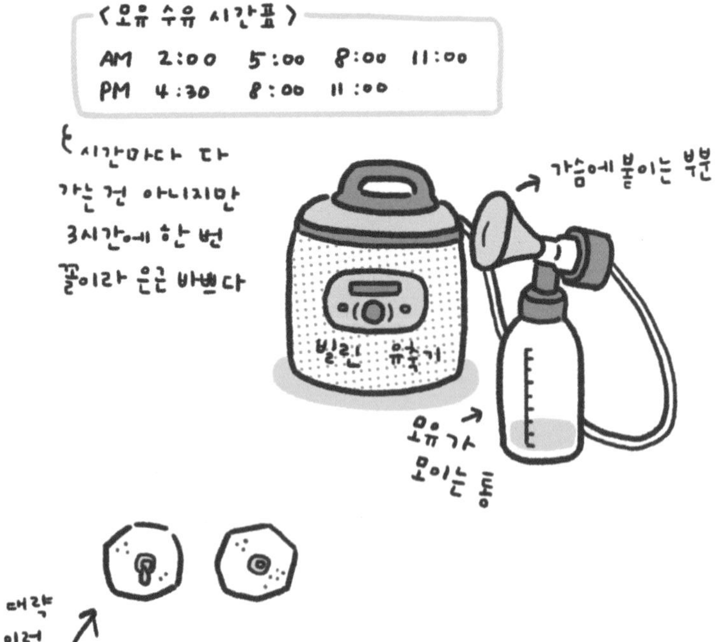

새벽에 가슴이 단단해지는 것 같아서 잠을 거의 자지 않고
두세 시간마다 모유 수유를 하러 갔더니
아침에 드디어 젖이 나왔다!
그리고 순식간에 젖이 불어나서 가슴이 돌덩이처럼 딱딱해졌다.
불을 끄는 심정으로 가슴 마사지를 받고 나서야 조금 편해졌다.
(가슴 마사지 비용은 무려 50분에 7만 원이었다.)
유축기도 사용하면 좋다고 해서 써 봤는데, 왠지 젖소가 된 기분이다.

산후조리원 입소

D+6

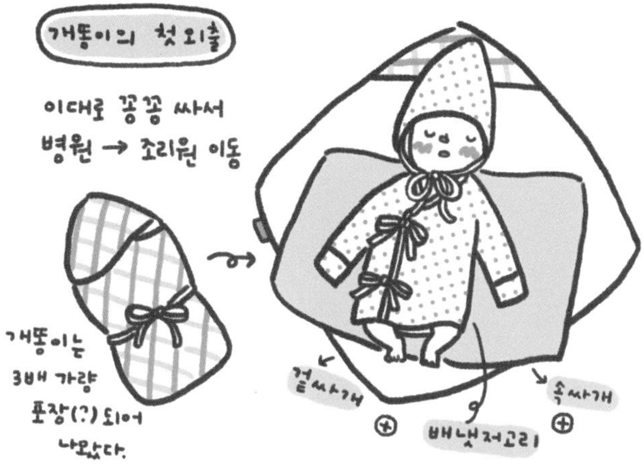

낮에는 소리 내서 웃기도 하고 새벽에도 벌떡 일어나
개똥이에게 밥 주러 가는 일을 반갑게 하고 있는데
밤에는 이상하게 자꾸 눈물이 난다.
훈련소에 입소한 초보 군인의 마음이 이럴까.
오늘 병원에서 조리원으로 이동했다.

조리원에서의 크리스마스

D+7

독감 유행으로 조리원에서 산모의 외출과 면회가 모두 금지되었다.
밤에 슬쩍 영화라도 보고 올 수 있을까 기대했던 꿈이 사라졌다.
올해는 크리스마스 분위기를 느낄 수 없는 크리스마스라고 생각했는데
오후에 승하네 가족이 크리스마스 케이크를 주고 갔다.(세상에, 고맙습니다!)
뜨끈뜨끈한 방 안에서 남편과 캐럴을 들으며
케이크를 먹고, 신생아실에도 나누어 주었다. 크리스마스 좋구나!

일기를 쓰는 이유

D+8

남편의 휴가가 끝나서, 개똥이가 태어나고 처음으로 혼자 있었다.
왜 감옥이나 군대에서 일기를 많이 쓰는지 알 것 같다.
혹시 필요할까 봐 챙긴 노트 한 권과 파란 볼펜으로
하루를 기록하는 것이 큰 힘이 된다.

오늘 개똥이가 갑자기 얼굴이 많이
노래져서 광선치료를 받았다.
황달은 흔한 증상이라는 걸 알면서도 걱정된다.
금방 나아서 보자!

수유 콜

D+9

모유 색이 점점 흐려져서
이제 초유가 끝난 줄 알았는데
몸에 좋은 초유 성분은
생후 21일간 섞여 있다고 한다.

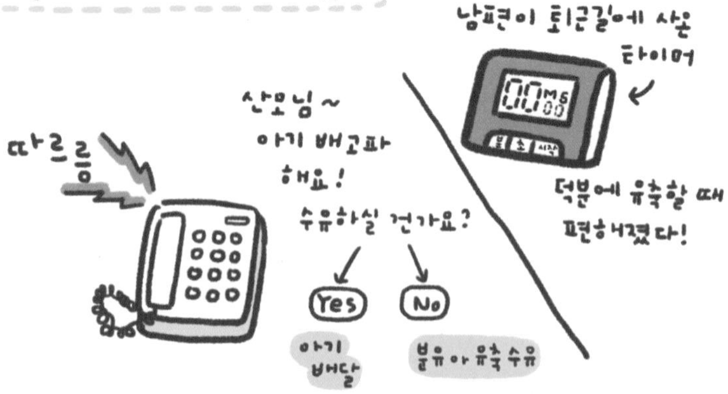

방에 있는 전화기로 개똥이가 배고파 할 때마다 수유 콜이 온다.
가능하면 아기한테 직접 물리는 것이 좋다고 해서
새벽 시간을 제외하고는 수유 콜을 받고 있는데
시간이 일정치 않아서 언제 울릴지 몰라 긴장된다.

조리원룩

D+10

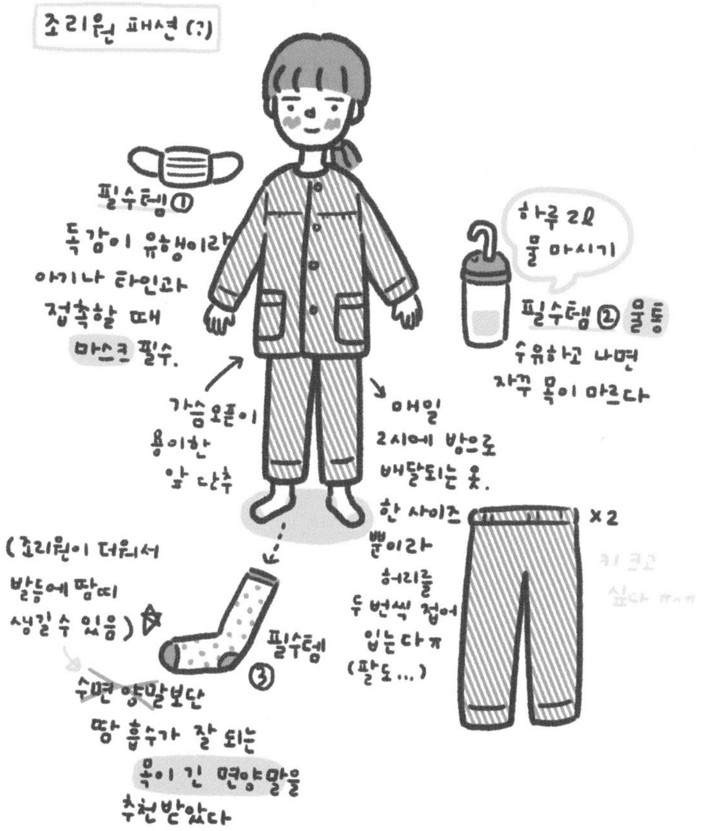
조리원 패션 (1)
필수템 ①
독감이 유행이라
아기나 타인과
접촉할 때
마스크 필수.
하루 2ℓ
물 마시기
필수템 ② 물통
수유하고 나면
자꾸 목이 마르다
가슴 오픈이
용이한
앞 단추
매일
2시에 방으로
배달되는 옷.
한 사이즈
뿐이라
허리를
두 번씩 접어
입는다ㅠ
(팔도…)
×2
키 크고
싶다 ㅠㅅㅠ
(조리원이 더워서
발등에 땀띠
생길 수 있음)
필수템
③
수면 양말보단
땀 흡수가 잘 되는
목이 긴 면양말을
추천받았다

배고픈 아기 새

D+11

모자동실* 두 시간 동안 기저귀를 세 번 갈았다.
먹는 것도 별로 없는 것 같은데…
우리 개똥이 금방 배고프겠다.
개똥이는 배고플 때
아기 새처럼 눈을 감고
입을 사방으로 뻐금뻐금 벌린다.

유축기를 하루에 4~5회 쓰고 있는데
한번 하면 30분에서 한 시간 정도 걸리기 때문에
이 시간에 영화나 드라마 보는 것을 추천받았다.
유축 시간이 조금 즐거워졌다.

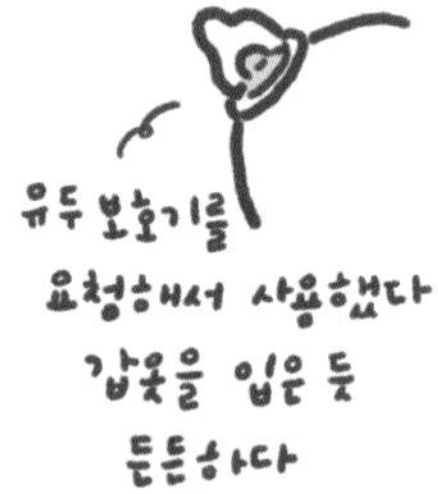

* **모자동실**: 엄마와 아기가 같은 방에 있는 것

풋볼 자세

D+12

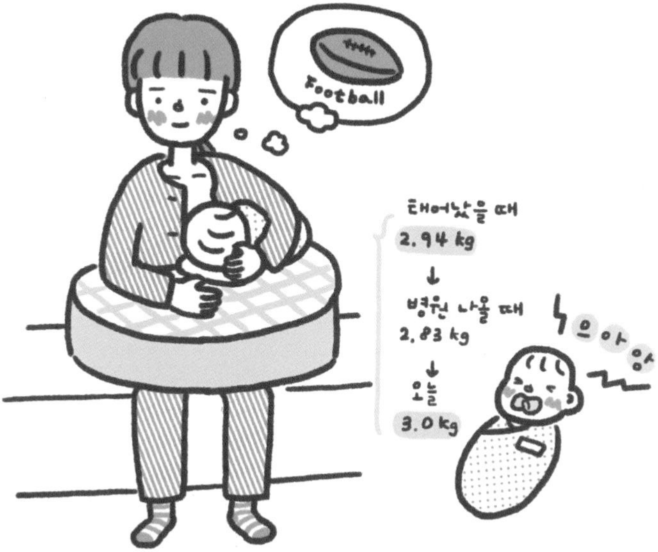

신생아실 선생님이 개똥이가 3kg이 넘었고 우는 소리도 많이 커졌다고 했다.
확실히 젖을 빠는 시간도, 한번 먹을 때 집중하는 시간도 늘어난 게 느껴진다.
안아 줄 때 다리에 힘이 들어가는 것도 다르다.
나도 모유 수유 기본 자세인 '요람 자세'에서 '풋볼 자세'까지 익숙해졌다.
(두 자세를 번갈아 사용해야 가슴에 젖이 골고루 빠진다고 한다.)

한 해의 마지막 날도 조리원에서

D+13

연말 느낌이 나지 않지만
오늘이 2018년 마지막 날.
매년 소소한 계획이라도
새 다이어리에 적어 보곤 했는데
올해는 아무것도 생각해 본 것이 없다.
그저 개똥이와의 생활에
잘 적응해 나가고 싶다.

2주 만에 두 살이 된 개똥이

D+14

어쩌다 보니 2주 만에 한 살 더 먹은 개똥이는 두 살이 되었다.
우리 가족 모두 새해에는 더욱 건강하기를!

겨울이지만 방 온도가 27.5도에 맞춰 있어서
모유 수유할 때 땀이 난다.
한 시간 가까이 꼼짝 않고 앉아 있으려니 힘들지만
개똥이가 열심히 먹어 주어서 다행이다.

Baby time
어플을 설치했다.
수유 관련 기록을 보기 편하다.

수업

D+15

조리원에서 운영하는 요가 수업에 처음 들어갔다.
슬슬 스트레칭하는 정도였지만
다 하고 나니 몸이 제법 시원했다.
오후에는 궁금했던 신생아 목욕 수업도 들었는데
아무래도 어렵게 느껴져서 방에 돌아와 유튜브로 검색해 봤다.
어쩐지 계속 이론만 쌓고 있는 기분이다.
집에 가서 잘할 수 있을까.

퇴소 준비

D+16

병원 진료 차 조리원 밖으로 나왔다.
11일 만에 첫 외출이다. 이렇게 오래 실내에만 머문 적이 없는 것 같다.
제왕절개 수술 부위는 다행히 이상 없이 아물고 있는데
켈로이드 상처가 생기기 쉽다고 해서 시카케어 밴드를 붙이기로 했다.

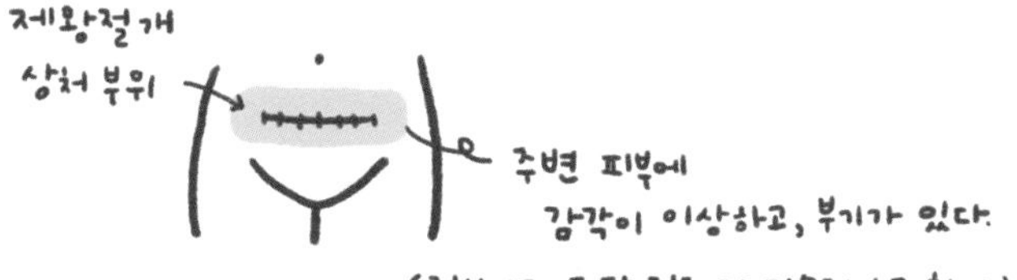

이름은 거니거니

D+17

드디어 개똥이 이름을 정했다!
'마음속에 희망을 가지고 기쁜 삶을 만들라'는 뜻의 건희.
다소 올드한(?) 느낌도 있지만
며칠 불러 보니 이름 후보들 중에
가장 잘 어울리는 것 같다.
(이름 후보는 건희, 서진, 재하, 겨울이었다.)

반가워 거니야.
이제 개똥이 말고 거니로 불러 줄게!

퇴소 교육

D+18

오전에 간단한 퇴소 교육을 받고
건강 기록부도 확인했다.
그리고 퇴소 선물로 젖병 두 개와 담요를 받았다.
거니는 마지막까지 황달 증상이 있다 없다 해서
오늘 집중 치료를 받기로 했다.
집에 가서는 심해지지 않아야 할 텐데…

산후조리 원정대의 이동

D+19

part 2

누군가의 처음을 보는 건

세팅

D+20

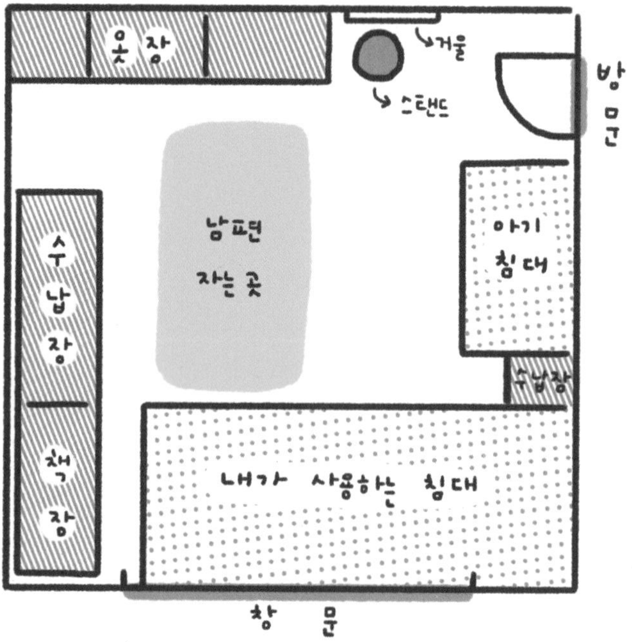

방 하나에 짐을 풀었다.

바둥바둥

D+21

원래 신생아가 이렇게나 자주 다리를 퍼덕이나?
남편도 나도 당황의 연속이다.

출생신고

D+22

난간을 세우는 일

D+24

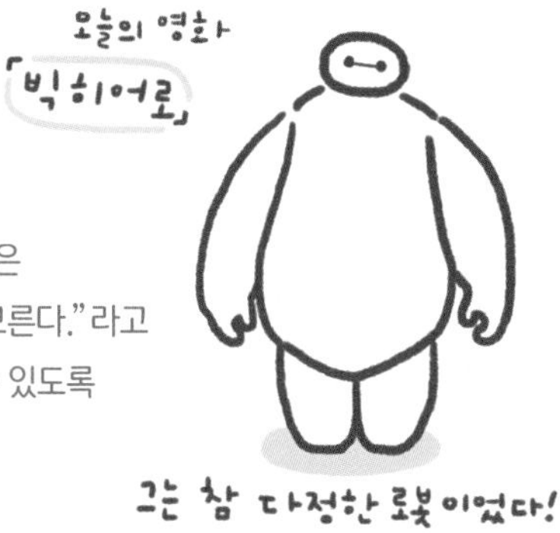

마스다 미리는 『오늘의 인생』에서
"책이나 영화나 음악이나 공연을 보는 것은
자신의 세계에 난간을 만드는 것일지도 모른다."라고
말했다. 내 안에 난간을 든든하게 세울 수 있도록
많이 보고 많이 생각하고 싶다.

인터넷에 검색해 보니, 아기에게 영양분을 주느라
면역력이 떨어져서 생길 수 있는 일이라고 한다.

칭찬

D+25

남편이 거니 다리를 잡고 자전거 타듯
움직여 준 것이 효과를 발휘한 것일까.
신생아는 한 달에 두 번만 똥을 눠도 괜찮다지만
날짜가 길어지니까 슬슬 걱정됐는데 다행이다.

열심히 먹였는데 아깝다

D+26

수유 후에 거니를 충분히 안아 주고 눕히는데도
토하는 횟수가 늘어서 속상하다.
책에서는 신생아 위가 덜 발달되어서
생기는 자연스러운 현상이라고 하지만
조금 더 안고 있지 않은 게 후회된다.

황달 검사

D+27

거니의 황달이 심해져서 대학병원에 다녀왔다.
정확한 원인을 파악하기 위해 피검사를 했는데
조그마한 손등에서 피를 네 통이나 뽑았다.
마지막엔 거의 피를 짜내듯이 해서 거니가 울고불고 난리가 났다.
이렇게 힘든 검사였다니! 좀 더 지켜보는 게 좋았을까.

엄마 바운서 가동

D+28

어제 병원 다녀온 게 힘들었는지
원더윅스* 기간이 찾아왔는지
낮에 거니가 네 시간 동안 잠을 안 자고 계속 울었다.
진이 쭉 빠진 하루.

* **원더윅스**: 아기의 급성장기. 평소보다 더 많이 보채기 쉽다.

천사 모드 거니

D+29

어제와는 다르게
거니가 두 시간마다
'모유를 먹고 트림을 하고 푹 자고 일어나기'를 반복했다.
나도 거니 패턴에 맞춰서 낮잠을 잤다.
이대로 시간만 길어지면 좋겠는데…

* **모로반사**: 신생아 시기에 자극을 받으면 팔다리를 움츠리는 반사.
스스로 움직임에 놀라 잠에서 깨어나기 때문에 모로반사를 막기 위해 속싸개를 사용한다.

꿈에서도 수유 중

D+30

새벽에 자꾸 젖 먹이는 꿈을 꾸다가 깬다.
일어나 보면 거니가 배고파서 으앙으앙 울고 있다.

배고픈 작은 공룡

D+31

일기에 기록하고 싶은 건 더 많아지는데
예상한 대로 조리원을 나오고 나서 그림일기를 쓸 틈이 없다.
조각조각 생기는 시간은 밥 먹고 씻고 자는 데(특히 자는 데)
쓰기에도 부족해서 당분간은 노트를 펼치기 어려울 것 같다.
수유하는 시간에 조금씩 영화를 보는 것이 새로운 낙이 되었다.

그림 그리고 싶은 날

D+34

갑자기 엄청 그림을 그리고 싶어졌다.
일기에 낙서하듯이 그리는 것 말고
물감이나 색연필로 다양한 색을 써서
정성껏 그리고 싶다.
거니가 좀 더 크면 화실에 나가 볼까.
유화를 배워 보는 건 어떨까.
어쩌면 이 마음은 시간이 없어서 생긴
바람일지도 모르겠다.
다시 여유가 생기면
잊지 말고 꼭 그림을 그려야지.

다시 찾아 온 유두 백반

D+38

거니가 무려 아침 아홉 시부터 저녁 다섯 시까지
낮잠을 10분, 20분,
딱 두 번밖에 안 자고 많이 울었다.
육아를 시작하고 가장 힘든 하루였는데
유두 백반까지 다시 찾아왔다.

표정 부자

D+39

거니를 가만히 보고 있으면
순간순간 표정이 계속 달라진다.
사람은 원래 많은 표정을 가지고 태어나는데
어른이 되면서 줄어드는 걸까?

아빠의 궁금증

D+42

남편은 거니가 참새처럼 입을 벌리면
얼른 입 냄새를 맡아 보고
진심으로 신기해 한다.

젖소 생활은 쉬운 일이 아니었다

D+43

6주 차에 들어서자마자
거니가 밤에 다섯 시간씩 통잠*을 자기 시작했다!
대신 그만큼 낮에는 안 자고 보채는 시간이 길어졌다.

* **통잠**: 한 번도 깨지 않고 푹 자는 것

제한 시간

D+46

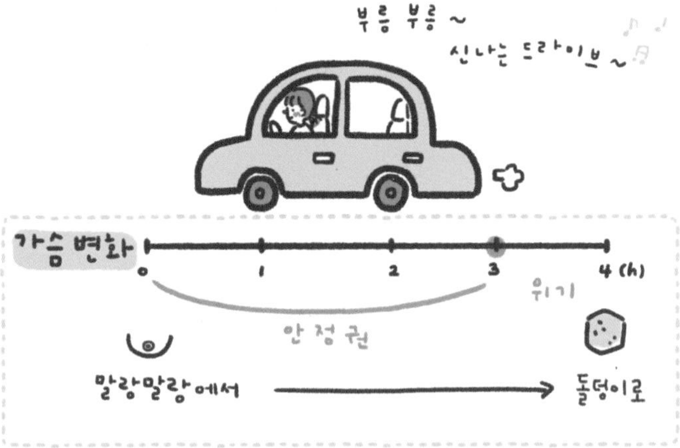

산부인과 검진 날.
남편이 거니를 보는 사이 혼자 병원에 다녀왔다.
출발할 때 남편이 오랜만에 카페도 가고 쇼핑도 하고
편하게 놀다 오라고 했지만
가슴에 젖이 차서 제한 시간 안에 돌아와야 했다.
(꼭 가슴에 물 폭탄을 들고 돌아다니는 거 같다.)
짧지만 기분 전환이 되었다.

수유 쿠션은 낮잠 쿠션

D+47

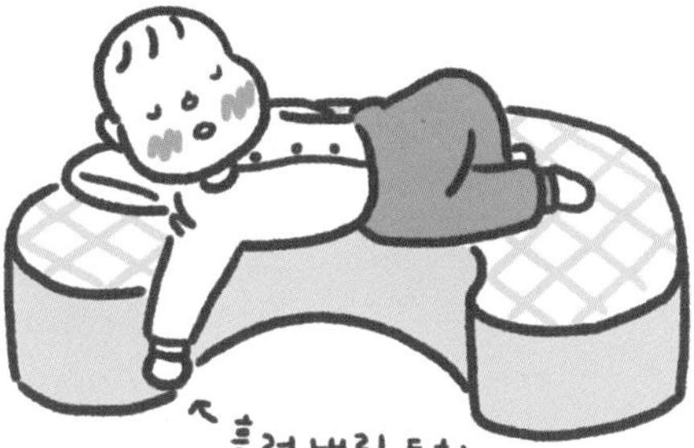

거니가 젖을 먹고 나면
포만감과 피로감이 한꺼번에 몰려오는지
수유 쿠션에서 종종 단잠을 잔다.
이렇게라도 푹 자면 나한테도 조금 쉬는 시간이 생겨서 좋다.
떨어지지 않게 양옆을 베개로 잘 막아 두고
지켜보면서 일기 쓰는 중.

장기전 돌입

D+48

유두 백반이 왼쪽 가슴에 제대로 자리를 잡은 것 같다.
사라졌다 나타나기를 계속 반복하고 있다.
유제품과 밀가루, 고기 등을 거의 안 먹는데도
자꾸 막혀 버리니 힘이 빠진다.
아무래도 장기전이 될 것 같다.

첫 장거리 외출

D+50

거니가 태어난 지 50일 되는 날.
차로 40분 거리의 부모님 댁에 다녀왔다.
거니가 차에서 잘 있을까 걱정했는데
오갈 때 모두 쿨쿨 잠든 덕분에 성공적인 외출이었다.
엄마표 음식을 실컷 먹고 밀린 이야기도 실컷 나누었다.

꼬옥

D+51

아무 힘도 없던 거니가
요즘은 부쩍 나를 안는 느낌이다.

낮잠 재우기 기술

D+52

용이가 물려준 아기 띠 덕분에 낮잠 재우기가 수월해졌다.
아기 띠로 거니를 안고 걸어 다니면 5~10분 안에 잠이 든다.
이 상태로 침대에 안전하게 옮기면, 성공!

도치맘 1

D+54

50일이 지나니 거니가 모빌을 더 오래 보고
관심이 가는 사물을 주의 깊게 본다.
꼬물꼬물한 거니가 너무 예쁘다.
나는 고슴도치 엄마가 되고 있다.

도치맘 2

D+55

선물받은 옷을 입은 거니가 너무 귀여워서
사진을 마구 찍어 남편한테 보냈다.
거의 똑같은 모습에 표정만 조금씩 다를 뿐인데
한 장도 지우지 못하겠다.

신비로운 일

D+56

누군가의 처음을 보는 건,
그리고 그 존재가 아주 조금씩 조금씩 자라는 모습을
가까이서 보는 건, 굉장한 일인 것 같다.

보고

D+59

요즘 잠깐 방을 나갈 때마다
거니의 고개랑 시선이 휙휙 나를 따라와서
거니에게 보고를 하며 다니고 있다.

으앙 으앙 으앙, 뚝

D+60

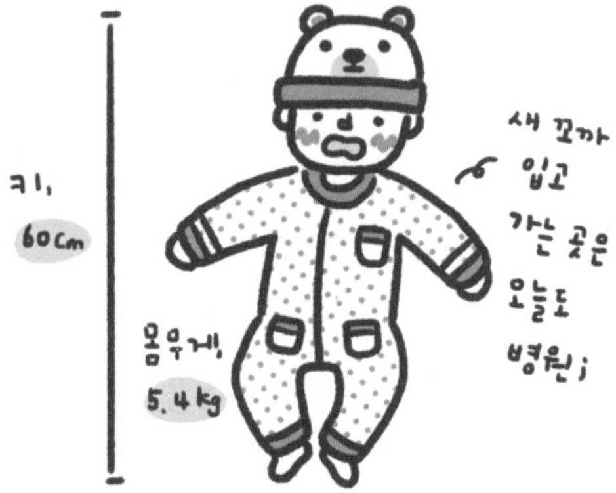

생후 네 번째 예방접종을 하고 왔다.
거니는 이번에도 으앙 으앙 으앙 세 번 울고 울음을 그쳤다.
아직 주사가 뭔지 몰라서 주삿바늘이 들어갈 때만 무서운가 보다.

감정 이입

D+61

당분간 종이책은 읽기가 어려울 것 같아 전자책 어플을 깔았다.
오늘 읽은 책은 김한민 작가의 『아무튼, 비건』.
젖소 생활을 하고 있어서인지 어미 소가 갓 태어난 송아지와 분리되고
송아지에게 먹일 우유를 사람에게 빼앗기는 부분을 읽으면서 가장 슬펐다.
책을 읽고 나니 '비건'은 취향이 아니라 운동에 가깝다는 생각이 든다.
나도 육류와 유제품 소비를 줄여야겠다.

흑백 모빌

D+62

거니가 30분 넘게 혼자 모빌을 보면서
옹알이도 하고 방긋 웃기도 했다.

손 싸개

D+63

보통 50일까지만 사용한다는 손 싸개를 아직 빼지 못하고 있다.
거니는 졸릴 때, 얼굴과 머리를 너무 긁는다.
아무래도 당분간 장갑처럼 끼웠다 벗겼다 하며 써야 할 것 같다.

기저귀 유목민

D+64

아기를 낳기 전에는 기저귀 브랜드가 이렇게 다양한 줄 몰랐다.
개월 수에 맞춰서 대충 사면 될 것 같지만, 피부와 잘 맞는지는 기본이고
디자인과 자잘한 옵션 때문에 자꾸 새로운 기저귀를 시험해 보게 된다.
예를 들면, 소변 표시줄이 있나(기저귀를 만져 보지 않아도 알 수 있어 유용하다),
돌돌 말아서 버리기 편한가(쓰레기봉투를 알차게 쓰기 좋다),
허벅지 부분이 넉넉한가(우리나라 아기들이 보통 허벅지가 두꺼워
외국 기저귀는 조이기도 한다) 등을 두루 살핀다.

나는 소중한 사람

D+65

영화 「헬프」를 보고
유모 에이블린의 대사가 너무 좋아서
그대로 거니에게 말해 줬다.
“우리 거니는 친절하고, 똑똑하고, 소중한 사람이야.”
거니가 크면 더 자주 말해 줘야겠다.
그리고 밤에 문득, 이미 어른이 된 나에게도
말해 주면 좋겠다고 생각했다.
“나는 친절하고, 똑똑하고, 소중한 사람이야.”

아빠의 육아 시간

D+66

하루에 한 번 먹이는
분유 수유는 거의 남편 담당.
거니를 찬찬히 보고
손가락을 살며시 만지고
말을 걸기도 하는
남편의 모습을 보고 있으면
마음이 따뜻해진다.

part 3

거니를 낳고 나서 알게 된 것

산후조리 원정대의 복귀

D+67

거니를 낳고 두 달 만에 우리 집으로 돌아왔다.
병원과 조리원과 시댁을 거치면서 짐이 많이 늘었다.
농담으로 1톤 트럭을 불러야겠다고 말했는데
정말 차로 세 번을 왔다 갔다 해서야 다 옮겼다.
이사 끝!

쑥쑥 자라는 거니

D+68

거니가 태어났을 때부터 사용했던 세숫대야는
이제 몸이 꽉 끼어서 제대로 씻기기 어려워졌다.
좀 더 큰 목욕 대야로 바꿔야겠다.
(2.94kg으로 태어난 거니가 어느새 6kg, 무려 두 배가 되었다.)

원형 탈모(?)

D+69

거니 뒤통수에
원형 탈모에 가까운 휑한 동그라미가 생겼다.
양쪽으로 고개를 자주 돌리니
베개에 닿는 부분이 빠진 것 같다.

집에 놀러 온 지인이 이런 거니를 보고
"거니는 호기심이 많아서 궁금한 게 많구나."라고 말해 주었다.
다소 부산스럽게 보일 수 있는 모습을 예쁘게 말해 줘서 고마웠다.
나도 긍정적이고 예쁜 시선을 갖도록 노력해야지.

커피 한 잔

D+70

출산 후 처음으로 아메리카노를 마셨다.
자주 사용하던 컵에 마시는 커피 한 잔, 너무 좋다!

거니를 낳고 나서 알게 된 것

D+71

거니를 낳아 보니 알겠다.
나도 아기였을 때 젊고 서툰 엄마 아빠에게
소중하게 다뤄졌을 것이다.
부모님의 수많은 손길, 자잘한 걱정,
소소한 기쁨을 받고 컸을 거라는 생각에
내가 좀 더 소중해지는 기분이다.

나란히 나란히 나란히

D+72

우리 침대 옆에 붙일 수 있는 아기 침대를 대여했다.
70여 일 만에 가족이 나란히 침대에 누워 자는 날이다.
그동안 나와 거니 근처에서 불편하게 자는 남편이 답답했는데
지나고 보니 곁에 있어 줘서 내가 외롭지 않고 든든했던 것 같다.

인형 놀이

D+73

거니가 낮에 깨어 있는 시간이 늘었다.
거니가 심심해 보여서 딸랑이 인형들로 인형극을 했다.
재밌는지 주의 깊게 듣는다.
아직 누워만 있는 거니랑 어떻게 놀아 줘야 할지 잘 모르겠다.

새로운 방법

D+74

남편이 모로반사를 막기 위해 새로운 방법을 찾았다!

펴졌다!

D+75

종이처럼 얇던 거니의 귀가 제법 입체감 있게 단단해졌다.
신생아 때, 귀 모양이 이상하다고 병원에서 교정을 권유받았다.
고민하다가 아직 너무 어린 것 같아서
병원에 가는 대신 모유 수유할 때마다 열심히 만져서
모양 잡아 주기를 반복했는데, 드디어 예쁘게 펴졌다! 만세!

노하우 전수

D+76

요즘 우리는 수유 후에
'누가 누가 더 거니 트림을 잘 시키나'를 놓고 뽐내고 있다.
트림이 잘 나오는 자세를 알게 되면 공유하는데
이번 자세는 보기에는 이상하지만 효과가 매우 좋다!

오우루

D+78

거니의 옹알이가 부쩍 늘었다.
옆에서 듣고 있으면
거니만의 언어가 따로 있는 것처럼 느껴진다.
의미를 알 수 없지만 똑같이 흉내 내서 말하면
대화하는 기분도 난다.

빵순이의 아침

D+79

유두 백반 때문에 밀가루를 끊었는데
빵 생각이 너무 간절해서 쌀로 만든 빵을 주문해 봤다.
밀가루 빵보다 맛이 없을 거라고 생각했는데
의외로 맛있다! 기술이 참 좋다.

빨간 날이 기다려지는 이유

D+81

연애할 때보다
거니가 태어나기 전보다
주말이 기다려진다.
빨간 날은 육아 전담 인원이 투입되는 날!

모유 수유가 이렇게 어려운 일이었다니

D+83

천천히 단유해 보려고 했는데 실패했다.
새벽에 왼쪽 가슴이 난리가 났다.
너무 아프고 무서워서
아침에 가슴 마사지 선생님과 상담하고
마사지를 예약했다.

불량 수도꼭지

D+84

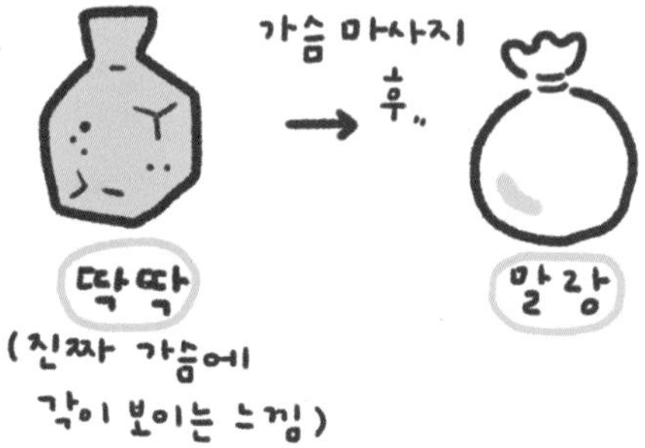

남편이 반차를 내서 아침에 가슴 마사지를 받으러 다녀왔다.
가슴이 돌덩이에서 주머니로 바뀌었다.
급한 불은 껐는데… 이대로 계속 모유 수유할 수 있을까?
이번만 지나가면 될까?
불량 수도꼭지가 된 기분이다.

야근

D+85

거니가 잘 때 육아 서적을 읽는 건, 어쩐지
퇴근 후 집에 와서도 회사 일을 하는 기분이다.

몸은 그렇게 간단하지 않다

D+88

기대했던 유방외과 진료에선 아무런, 아무런 도움을 받지 못했다.
처방은 그저 '타이레놀을 먹으면서 계속 버티거나
상처가 나을 때까지 일주일간 쉬었다가 다시 수유할 것'.
의사는 나를 아파서 온 환자가 아니라
모유 수유가 힘들다고 징징거리는 철없는(?) 엄마로만 대하는 것 같았다.
하지만 몸은 그렇게 간단하지가 않다. 이제 정말 그만두고 싶다.

진퇴양난

D+89

어제 처방대로 타이레놀을 먹으며 모유 수유를 쉬었더니
가슴에 젖이 계속 차다 못해 벽돌이 되어서
몸이 부들부들 떨리게 아팠다.
그냥 상처를 참고 수유하는 게 덜 아팠을까.

무심한 처방

D+90

밤새 얼음찜질로 버티다가 다른 유명한 유방외과를 찾아갔다.
알고 보니 통증의 원인은 유두 모양에 있었다.
약간 특이한 모양 때문에 상처가 잘 생기고
나을 틈이 없어서 아픈 거라고 했다.
하지만 처방은 지난번과 같았다. '일주일간 쉬었다가 다시 수유할 것'.
앞으로도 힘들겠지만, 그때마다 진통제를 먹으면서
계속 수유하라는 말이 폭력적으로 느껴진다.

결국 단유의 길로

D+91

유방외과에서도 도움을 받지 못하고
타이레놀도 잘 듣지 않아서 가슴 마사지를 받으며 단유를 하기로 결정했다.
결제를 하고 마사지를 받으며 생각해 보니
지금까지 가슴 마사지 비용으로 100만 원을 넘게 썼다.
흑흑, 비싼 분유 먹인 걸로 생각해야지.

고마운 일

D+92

내가 단유 문제로
정신없는 시간을 보내는 동안
거니는 별 탈 없이 분유에 적응해서
잘 먹고 잘 자고 잘 크고 있다.
다행이다.

같은 모자

D+93

신생아 때 헐렁해서 쓸 수 없던 모자가
이제는 꼭 맞아서 쓸 수 없게 됐다.
거니가 이만큼 컸다.

우리 거니 보고 싶네

D+95

단유 마사지 받으러 나간 김에
쉬다 오라는 남편의 말에 카페에 왔다.
마시고 싶던 커피를 사서 앉았는데
카페 안에 아기 손님을 발견하고부터
계속 거니 생각만 났다.
이제 나는 진짜 엄마가 되었나 보다.

백일잔치

D+96

집에서 양가 부모님을 모시고 간단하게 백일잔치를 했다.

손의 존재

D+97

요즘 들어 손 모으기를 자주 하는 거니.
가끔 멍한 눈으로 자기 손을 한참 바라본다.
자기 손의 존재를 신기해 하는 것 같다.

나는 거니가 손을 바라보고 있을 때마다
"이쪽은 거니 왼손이야. 이쪽은 거니 오른손!" 하고
인사 시켜주는 역할을 하고 있다.

또 원더윅스!

D+99

혼자서도 잘 놀던 거니가 하루아침 사이에 엄청 짜증을 부렸다.
혹시 하고 찾아봤더니 세 번째 원더윅스 기간이다.
원더윅스 표에 따르면
통상적으로 총 열 번의 시기가 온다고 한다.

우리 거니 건강하게 해 주세요

D+100

우리 거니 앞으로도 건강하게 자라게 해 주세요~

진짜 백일 날에는 미역국을 끓여야 한다고 해서
미역국과 삼색나물, 쌀밥을 했다.
도라지에 실수로 식초를 넣고 조물조물 해 버려서
고추장 넣은 도라지 무침을 만드는 등 근본 없는(?) 백일상을 만들었지만
거니의 건강을 마음으로 빌고, 남편과 맛있게 먹었다.

거니는 급성장기 엄마는 급노화기

D+102

아아… 머리를 감고 말리다가 '흰머리 밭'을 발견했다.
너무 많아서 뽑는 것은 포기했다.
임신과 출산 이후 몸에서 일어나는 다양한 변화 중
좋은 증상은 아직 발견하지 못했다.
거니야, 엄마는 늙고 있나 봐. 흑흑.

피로 푸는 날

D+104

거니가 종일 잠을 잤다. 이렇게 많이 자는 일이 드물어서
아픈 건 아닌가 걱정했는데 열은 없었다.
어쩌면 어른처럼 피로를 푸는 날인지도 모르겠다.
옆에서 나는 책도 읽고 커피도 마시면서 여유로운 오후를 보냈다.

치발기 선물

D+106

세살마을* 선생님이 발달 체크를 위해 오셔서 이런저런 얘기를 해 주었다. 특히 이 시기에 아기는 스스로 물건을 쥐고 입으로 탐색할 수 있기 때문에 치발기를 사용하는 게 좋다고 한다. 이 정보를 남편한테 알려 주었더니 퇴근하면서 바로 치발기를 두 개나 사와서 거니 양손에 쥐어 줬다. 거니한테 뭔가를 무척 사 주고 싶었나?

* **세살마을**: 서울, 경기, 인천 지역의 영유아 가정을 대상으로, 부모 교육과 아이 양육 코칭 프로그램을 운영하는 사업

상체 힘 기르기

D+108

요즘 거니에게 터미타임*을 하루 두 번씩 연습시키고 있는데
거니가 하고 나면 짜증을 낸다.
아무래도 거니에겐 힘든 운동인가 보다.

* **터미타임**: 아기의 상체 힘을 길러 주기 위해 엎어 놓는 것

매일 조금씩 자라는 거니

D+109

거니가 조금씩 힘을 쓰고 반응하는 것이 신기하다.
아직 누워만 있지만 어제와 다른 새로운 모습들이 보인다.

분유 활용법

D+110

아기가 먹다 남긴 분유를 화분에 부어 주면 좋다고 한다.
얼마 전에 인터넷으로 얻은 정보라 반신반의하면서 해 봤는데
정말 분유를 먹은 식물들이 튼튼해졌다.
오늘처럼 분유의 양을 잘못 맞춰서 남은 날은
반가운 마음(?)으로 젖병을 들고 베란다로 나갈 수 있게 되었다.

젊은 날의 엄마

D+111

엄마를 만나서 얼마 전 단유 할 때 힘들었던 얘기를 어리광 부리듯 늘어놓았다.
엄마는 안쓰러운 눈길로 나를 보다가 문득, 옛날 기억을 떠올리셨다.
동생을 업고 내 손을 잡고 아픈 할머니를 휠체어에 태워서
병원에 모시고 다녔던 젊은 날의 엄마를.
그때의 엄마가 너무 가엽다. 내가 털어놓은 말이 조금 부끄러워졌다.

같이 울고 싶은 밤

D+112

거니가 새벽에 일어나서 한 시간을 엉엉 울었다.
기저귀를 갈고 분유를 타서 먹이고 담요를 덮어 줘도 여전했다.
안아 줘도 잠시뿐이었다. 이렇게 서럽게 울 일이 뭐가 있을까.
여러 작전을 써 보다가 마지막에 비닐소리를 들려줬는데
그 소리를 듣고 진정이 돼서 잠이 들었다. 원인은 아직도 모르겠다.

뒤집기 시도

D+113

어제부터 뒤집기를 시도하는 거니거니.
몸이 마음처럼 움직이지 않아서 속상한 걸까. 억울하다는 듯 엉엉 운다.
옆에서 내가 "괜찮아, 천천히 해도 돼 거니야."라고 말해도 소용이 없다.
이럴 땐 살짝 도와줘야 할지, 지켜봐야 할지 고민스럽다.

거니가 잠든 사이에

D+114

거니는 아침밥을 먹고 놀다가 주로 기분 좋게 낮잠으로 빠져든다.
한 시간 가까이 깊게 잘 때가 많다.
이 시간에 나는 커피를 내려 와서 책을 보거나 일기를 썼는데
오늘부터는 컴퓨터로 그림일기를 그려 보기로 했다.

두근두근, 통잠일까?

D+115

거니가 밤에 여덟 시간을 잤다.
중간에 깨서 밥도 안 먹고!
오와! 세상에!!

일일 휴가

D+116

남편 찬스로 집 밖에 나왔다. 하루 휴가다.
헤르만 헤세 전시를 보고 서점에서 책도 샀다.
먹고 싶었던 냉면을 먹고 앙버터도 먹고 커피도 마셨다.
하고 싶었던 것, 먹고 싶었던 것을 몽땅 몰아서 하고 나니
하루에 많은 곳을 찍고 오는 관광버스에 몸을 실은 기분이다.
남편과 거니가 무척 보고 싶다.

월요병

D+117

거니가 태어나고 월요병이 생겼다.
일요일 오후만 돼도 마음이 초조하다.

자장가를 따라 부르면 어떡해

D+118

밤에 거니 옆에 누워서 조그맣게 노래를 불러 주었는데
거니가 갑자기 눈을 말똥말똥 뜨고, 따라 부르듯이 옹알이를 시작했다.
꼭 가사를 잘 모를 때 끝음절만 따라서 부르는 사람 같아 웃겼다.
"근데 거니야, 네가 모르는 것 같아서 하는 말인데… 이건 자장가야."

앉기

D+120

거니가 누워 있는 걸 싫증 내는 것 같아 아기 의자에 앉혔다.
아직 잘 앉아 있지는 못하지만 앉았다는 것에 신선함을 느끼는 것 같다.
아기를 낳기 전에는 사람이 태어나서 일어서고 걷기까지
이렇게 많은 시간이 필요한 줄 몰랐다. 이 과정을 지나는 거니의 모습이
사랑스러워서 자꾸 무엇으로든 기록하고 싶다.

잠 퇴행

D+121

거니가 이틀 연속 통잠을 자는가 싶더니
다음 날부터 잠들기 전에 잠투정도 늘고 새벽에 일어나 엉엉 운다.
잠 퇴행일지도 모르겠다. 오늘부터 4개월 차 아기가 되었다.

무아지경

D+122

뭐든 입으로 가져가는 시기가 시작되었나 보다.
촵촵 소리에 돌아보면 손이나 장난감을 맛있게 빨고 있을 때가 많다.
한 손은 대기하고 있다가 이어서 바로 빨기도 하는데
꼭 흐름이 끊어지지 않게 먹으려는(?) 것 같아 웃기다.

성장

D+123

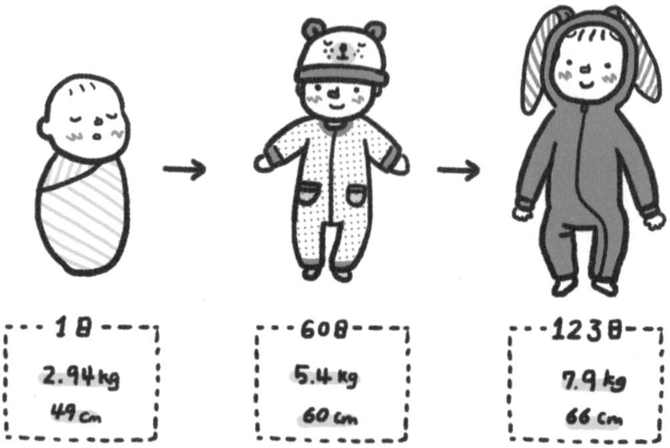

예방접종하러 간 김에 거니의 몸무게와 키를 측정했다.
매일 봐서 비슷비슷한 느낌이었는데 몸무게는 벌써 8kg 가까이 되었다.
1kg 아령도 잘 안 들었던 내가 거니를 매일 번쩍번쩍 들고 있다니…
이참에 팔 힘이나 좀 세졌으면 좋겠다.

여권 사진 찍기

D+124

5월 베트남 여행을 위해
집에서 여권 사진을 찍었다.
만 0세, 벌써 여권이 생기다니!

작은 모험

D+125

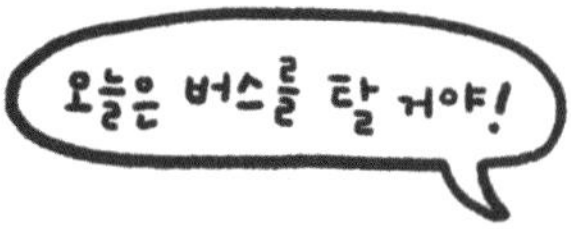

여권 신청을 하기 위해
거니와 구청에 다녀왔다.
아직 초보 엄마인 나한테는
아기와 외출이 작은 모험처럼 느껴진다.
처음 타는 버스에서 울지 않을까,
구청에서 보채지 않을까 걱정했는데
막상 거니는 여기저기 보느라 바빠서
울 틈이 없었던 것 같다.

첫 수영

D+126

욕조에서 처음 수영을 한 거니.
목튜브를 낯설게 느낄 줄 알았는데
생각보다 거부감 없이 착용하고
물에서도 잘 놀았다.
아기들은 물을 좋아한다는데
정말 양수에 둘러싸여 있던 기억이
아직 남아 있는 걸까.

웃음 코드

D+127

저녁에 남편이 거니를 재우러 들어갔는데 방에서 계속 웃음소리가 났다.
궁금해서 슬쩍 문을 열고 들어가 보니 거니랑 남편이 소리 내서 웃고 있다.
마사지를 해 주었는데 갑자기 웃음이 터졌다고 한다.
간지럼을 타는 것일까?
거니의 웃음은 가끔 알 수가 없다.

포즈

D+129

거니가 손으로 잡는 것이 익숙해지면서
손에 잡히는 건 모두 입에 넣거나 얼굴 가까이 당기고 본다.
기저귀를 갈아 주려고 눕힐 때는 비보이 같은 포즈로 윗옷을 당기고 웃는다.
배에는 물론 멋진 근육 같은 것은 전혀 없다.
통통한 아저씨 같다.

거니는 야구 시청 중

D+130

주말에는 주로 남편이 거니를 돌보기 때문에
집안일을 하더라도 마음이 느긋하다.
거니도 평일과는 조금 다른 시간을 보낼 때가 많은데
오늘은 터미타임을 가장한 야구 시청을 하고 있다.
거니도 조금 더 크면 아빠를 따라 야구를 즐길까?
같은 팀을 응원할까, 다른 팀을 응원할까?
우리와 캐치볼을 하거나 야구장에 가는 모습도 상상해 본다.

거니의 날씨

D+133

거니의 컨디션 = 내 컨디션.
시시각각 변하는 거니의 기분을 예상하기란 쉽지 않다.
약속을 잡거나 손님을 초대하는 일이 망설여진다.

B형 독감

D+135

새벽에 거니가 끙끙거리는 소리에 깼다.
열이 40도까지 올랐다.
당장 응급실로 달려가려다가 병원에서도 해열제를 먹이는 것 말고는
다른 조치가 없을 것 같아 집에서 해열제를 먹이고 열이 떨어지길 기다렸다.
아침에 소아과에 가서 진찰을 받았는데 B형 독감이라고 한다.
아파서 힘없는 거니가 너무 안쓰럽다.

전투

D+136

독감 이틀째. 열이 어제보다 내렸지만
계속 37.7~38.7도 사이를 오르락내리락 하고 있다.
의사 선생님이 그래도 거니가 잘 이겨내고 있다고 얘기해 주었다.
열이 내려갈 때는 놀기도 하고 방긋방긋 웃기도 한다.
독감약과 감기약을 번갈아 먹이는 일이 쉽지 않지만
거니가 잘 싸워 줘서 고맙다.

소중한 일상

D+138

거니가 어제저녁부터 해열제를 먹지 않고도 열이 오르지 않는다.
다시 아프기 전으로 돌아온 것 같아 마음이 놓인다.
휴일이라 유아차를 끌고 집 앞에 잠깐 산책도 했다.
이런 평온한 날이 필요했다.

이별의 밤

D+140

거니가 다시 열이 올랐다. 베트남 여행은 결국 남편만 가기로 했다.
어머님 환갑 기념으로, 가족들과 3년간 돈을 모으고 계획했는데
함께 가지 못해서 아쉽다.
만약 거니가 독감에 걸리지 않았다면 어땠을까?
4개월밖에 안 된 아기를 데리고 해외여행에 가는 건 그래도 부담이었겠지.
거니와 단둘이 5박 6일을 보내는 건 처음이라 걱정되지만
또 못할 것도 없다는 생각이 든다. 거니야 이 위기(?)를 잘 넘겨 보자!

다시 또 병원

D+141

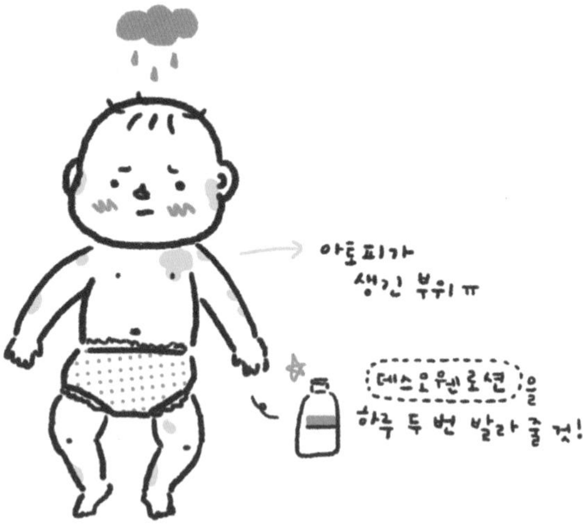

거니의 미열이 계속돼서 병원에 다녀왔다.
선생님이 독감은 나았지만 좀 더 지켜보자고 했고,
그보다 아이가 아토피가 있는데 왜 그동안 조치를 취하지 않았냐고 물었다.
다른 병원에서는 아토피는 아니라고 해서 안심하고
로션만 열심히 발라 주었는데 아토피라니 속상하다.
평소에는 괜찮다가 열이 나면 심해지는 아기들이 있다는데
거니도 그런 경우일지 모르겠다.

익룡 소리

D+142

요 며칠 거니가 “끼아아악~” 하고 허공에 소리를 지른다.
기분이 좋아서인지 나빠서인지 알 수가 없어 검색해 봤더니
일명 ‘익룡 소리’라고. 이맘때 아기들이 자기 목소리가 신기해서
확인하듯 내 보는 거라고 한다.
안심이 돼서 거니가 소리를 지르면 같이 소리를 질러 줬다.

이유식 시작

D+144

4개월 막바지, 이유식을 시작했다.
갑자기 새로운 스테이지가 펼쳐진 기분이다.
처음 준비한 이유식은 미음! 거니가 잘 먹을까 궁금했는데
한두 번은 멋모르고 먹다가 표정이 점점 어색해지더니… 입을 다물어 버렸다.
이번 스테이지 역시 쉽지 않을 것 같다.

뒤집기 성공

D+145

오랜만에 부모님 댁에 다녀왔다.
운전해서 거니와 외출하는 건 처음이라 엄청 긴장했는데,
오가는 내내 거니가 조용히 앉아 있다가 스르르 잠이 들었다.
이렇게 고맙고 다행일 수가! 게다가 부모님 댁에 도착해서는
그동안 못했던 뒤집기까지 해 버렸다.
아프고 나더니 조금 성장한 걸까.

우리 가족 합체!

D+146

남편이 여행에서 돌아왔다.
잘할 수 있을까 걱정했던 날들이
무사히 지나가고
우리 가족 다시 합체!

캥거루 모드

D+148

거니가 뒤집기를 시작하고부터
깊은 잠을 못 자고 뒤척인다.
(뒤집기 지옥에 빠져 버린 거니)
낮에도 짧게 자서 컨디션이 별로인 것 같다.
하는 수 없이 낮에는 내내 아기 띠로 재웠다.
다시 캥거루 모드!

part 4

내 마음도 같이 단단해진 줄 알았는데

환기

D+151

거니를 낳고 처음으로 드로잉 모임에 나갔다.
그림을 그리는 것도 좋았지만
공원을 걷고 나무와 꽃을 보고 무얼 그릴까
살펴보는 것만으로도 마음에 환기가 됐다.
육아를 하는 동안 이런 시간이 분명 필요한 것 같다.

열

D+152

일요일 오후, 느긋하게 쉬다가 저녁 약속이 있어 나가려는데
거니가 갑자기 열이 났다.
얼른 약속을 취소하고 한 시간마다 열 체크를 시작했다.
37.5도로 미열인데다 거니가 웃으며 잘 놀고 있어서
크게 걱정하지 않았는데,
밤이 되면서 점점 더 열이 오르더니 고열로 들어섰다.

응급실

D+153

아침에 동네 소아과에서 요로 감염이 의심된다는 얘기를 들었다.
거니 상태를 지켜보다가 열이 떨어지지 않아 저녁에는 큰 병원에 갔다.
응급실에서 엑스레이, 소변검사, 피검사를 하고 입원이 결정되었다.
응급실에는 밤늦도록 아기 환자가 들어오고
진찰 순서가 되면 엄마 아빠는 하나같이 모두
"괜찮아, 괜찮아."라고 소리 내어 아기에게 말했다.
정말 모두 괜찮아지기를.

입원 1

D+154

병실이 부족해서 응급실에서 밤을 보내고, 오후가 돼서야 3인실에 들어갔다.
입원 수속을 하면서 링거 줄도 더 튼튼한 것으로 교체했는데
이 과정에서 거니가 많이 울었다.
간호사 선생님 세 명이 붙어서 팔을 잡는 상황이 무섭게 느껴졌나 보다.
하필 뭔가가 맞지 않아서 바늘을 끼웠다 뺐다 반복하고 바닥에 피도 튀었다.
거니를 안고 있는 나도 땀이 나고 속이 탔다. 오늘이 겨우 입원 이틀째다.

입원 2

D+155

응급실에서는 병실만 가면
좋을 줄 알았는데, 아기 한 명이 울면
돌림노래로 나머지 아기들까지
모두 울어 버려 난감하다.
거니가 밤늦게 크게 울어서
다른 아기들을 깨울 거 같아
1층 로비로 내려갔다.
엄마 몇 명이 아기를 안고
자장가를 부르며 서성이고 있었다.
다들 아픈 아기를 돌보느라 잠도 제대로
못 자고, 씻는 것도 먹는 것도
혼자서는 힘든 상황이겠지.
문득 엄마가 되는 것은
가여운 일이라는 생각이 들었다.

퇴원

D+156

오전에 요로 감염 검사 결과가 나왔다.
항생제를 한 번 먹고 배양 검사를 한 덕분인지 검사 결과는 깨끗했다.
의사 선생님은 심증은 있지만 물증이 없는 상태라고 설명했다.
일단 퇴원하고 집에서 항생제를 잘 먹이기로 했다.
퇴원은 너무 신났지만, 거니와 짐을 모두 챙길 엄두가 나지 않아
엄마한테 도움을 청했다. 어른 두 명이 겨우겨우,
늘어난 짐과 아기를 데리고 집으로 돌아왔다.
왜 아기 하나를 돌보는데, 한 사람으로는 감당하기 어려운 걸까.

맥주

D+158

내일이 엄마 생신이라 부모님 댁에서 자고 오기로 했다.
아빠는 제주도에 계시고, 남편은 돌잔치가 있어서 다시 나갔다.
거니가 일찍 잠들어서 엄마랑 오붓하게 맥주를 마셨다.
그동안의 피로가 모두 씻겨 내려갔다.

동네 친구

D+159

부모님 댁에 간 김에
동네 친구를 만나 산책했다.
결혼하면서 서로 사는 곳이 달라져서
이렇게 한가롭게 동네를 걷는 건 오랜만이다.
이 길을 아기 엄마가 되어서
나란히 걸을 줄이야.
옛날로 돌아간 것 같다.

병원 끝!

D+161

퇴원하고 처음 외래 진료를 보러 갔다.
병원에서 이제 항생제를 그만 먹여도 된다고 했다.
다 나았다고 도장을 쾅 받은 것 같다.

힘내세요

D+163

거니가 낮에 내내 기분이 안 좋고
토도 조금 해서 산책을 나가기로 했다.
급하게 나오느라 대충 입고 모자만 눌러 쓰고
엘리베이터에 탔는데, 먼저 타고 있던 이웃분이
아기가 몇 개월인지 물어본 후에
"힘내세요, 시간 금방 가요."라고 말해 주었다.
꼭 산에서 만난 사람들이 곧 정상이라고 응원해 주는 것 같다.

엎드려 자기

D+165

거니가 뒤집기를 하다가 손에 힘이 풀려서
바닥에 볼을 기댄 채로 있다가 잠이 들었다.
일찍부터 엎드려서 푹 자는 아기들이 있다고 들었는데,
거니는 이제야 엎드려 자는 맛(?)을 알게 되었나 보다.

이유식 재료

D+166

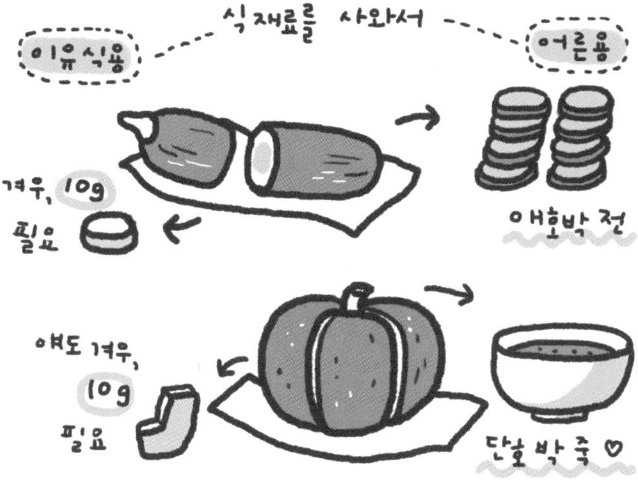

이유식을 만들어 보니 재료가 진짜진짜 조금 들어간다.
덕분에 애호박 미음 만든 날은 반찬으로 애호박전을 먹는다.
단호박 미음 만든 오늘은 단호박죽 먹는 날!

새 카시트

D+167

중고로 구매했던 바구니 카시트는 판매하고, 새로 카시트를 구매했다.
거니가 배 속에 있을 때는 꽤 작았기 때문에
오래 쓸 거라고 예상했는데,
얼마 전부터 어깨가 불편해 보여서 사는 시기를 앞당겼다.
이제야 거니가 편해 보인다. 진작 바꿔 줄 걸 그랬다.

비행기 놀이

D+168

무릎에 거니를 올리고 비행기를 태워 줬는데, 엄청엄청 좋아했다.
꺄르륵 꺄르륵 웃는 거니를 보는 게 좋다.
거니야, 엄마가 더 자주 웃게 해 줄게.

배밀이 연습

D+169

거니가 슬슬 배밀이를 시도한다.
엎드려서 낑낑하는 것 같더니 오늘은 180도 회전을 했다.
앞으로 전진하기 어려워서 방향이라도 틀어 본 모양이다.
머리를 들고 있다가 힘이 풀려서 바닥에 쿵쿵 박는 일도 생겼다.
이제 거실 바닥에 매트를 깔아 줘야 할 것 같다.

목욕탕

D+170

공휴일. 잠든 남편과 거니를 두고 아침 일찍 목욕탕에 갔다.
가는 길에 산책로가 있어서 새소리도 듣고 운동하는 사람들도 만났다.
이 시간의 풍경은 이랬구나… 귀찮음을 이기고 나오길 잘했다.
뜨거운 물에 몸을 담근 게 얼마 만인지.
가끔 이렇게 나와야겠다.

브로콜리 만세

D+171

거니가 드디어 이유식을 25ml나 먹었다.
그동안 이유식에 관심이 없어 보였는데
어제부터 주기 시작한 브로콜리 미음은 잘 먹는다.
아기가 먹기에 브로콜리는 장벽이 높은 편이라고 생각했는데 아니었나 보다.
아무튼, 브로콜리 만세!

작업실

D+172

흔언니가 작업실이 생겼다는 소식을 듣고, 축하 겸 다녀왔다.
거니가 좀 더 크고, 작업을 본격적으로 할 시간이 생긴다면
나에게도 작업실이 필요할까?
그때 나는 용기 내서 작업실을 얻을 수 있을까?
거니는 그림 그리는 엄마를 어떻게 생각할까?
여러 가지 미래를 떠올려 보는 밤.
무엇보다 거니가 내 그림을 좋아해 주면 좋겠다.

라떼파파

D+173

남편이 거니를 데리고 한 시간 남짓 산책을 다녀왔다.
집에 오롯이 혼자 있는 시간을 얻었다.
혼자 밖에 나간 적은 있어도
집에 나만 남겨진 건 오늘이 처음이다.
이 소중한 시간에 낮잠을 잘까, 책을 읽을까,
일기를 그릴까 고민하다가 그냥 집안일을 했다.
방해받지 않고 청소에만 집중했더니
마음이 다 개운해졌다.

좋은 아침이야

D+174

아침에 거니랑 침대에 누워 뒹굴뒹굴 장난을 쳤다.
거니는 푹 자고 일어난 날 아침엔 눈뜨자마자 싱긋 웃는다.
부스스한 내 모습을 보고도 반갑게 웃는다.

너를 웃게 하는 마법의 노래

D+175

거니가 이 노래만
들으면 웃는다.

1

사과 같은 우리 거니
예쁘기도 하지요.
눈도 반짝, 코도 반짝,
입도 반짝 반짝.

2

사랑하는 우리 거니
멋지기도 하지요.
눈도 멋져, 코도 멋져,
입도 멋져 멋져.

첫 소고기

D+176

초기 이유식 1단계 마지막으로 소고기 미음을 만들었다.
브로콜리나 감자만큼의 반응은 없었지만 20ml는 먹었다.
걱정했던 이유식이 점점 자리를 잡아간다.

손등이 타는 이유

D+177

날이 좋아지고부터
미세먼지 없는 날은
유아차를 끌고 산책을 나간다.
밖에 나가면 거니는
세상 구경에 바빠서
"거니야~ 거니야~"
불러도 아는 척 안 하고,
돌아오는 길에는
주로 잠들어 있다.

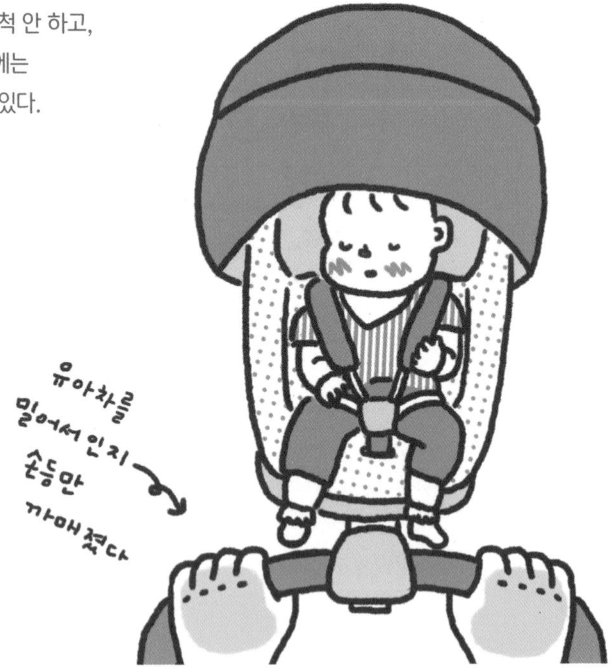

자꾸 들어가네

D+178

자꾸 장난감이 배 밑에 들어가서 속상한 거니거니.
요즘 뒤집기 상태로 "으아앙~" 울고 있으면
거의 90% 확률로 장난감을 깔고 엎드린 것이다.
심지어 두 개나 들어가 있을 때도 있다.

작업

D+179

거니가 잠든 밤.
출산 후 처음으로 일을 하고 있다.
한동안 못할 거라 생각했는데
이번 일은 일정이 넉넉해서 해 보기로 했다.
그나저나 이 시간에 내가 깨어 있다니!
책상에 앉아 그림을 그리고 있는 내 모습이 낯설다가
반대로 내가 엄마가 되었다는 것이 낯설게 느껴진다.

시동

D+180

거니가 누워 있을 때 자꾸 엉덩이를 들썩인다.
기는 연습을 하기 위해 시동을 거는 것 같다.
부쩍 엎드린 상태로는 상체를 다 들기도 해서 놀란다.
곧 일어나서 "엄마!" 하고 부를 것만 같다.

엄마 나무와 아기 나무

D+181

몇 주 전, 벵갈고무나무를 꺾꽂이해서 작은 화분에 심었다.
그 나무와 잘린 가지에서 각각 새순이 세 잎이나 돋았다.
작년부터 나와 있던 잎은 눈으로만 봐도 진하고 단단하고,
새로 나온 잎은 여리고 연한 색을 가졌다. 꼭 나와 거니 같다.
거니를 낳고 나서 나이 듦에 대해 자주 생각한다.
거니가 자라는 만큼 내가 늙어 간다고 생각하면 조금 슬프다.

첫 건강검진

D+182

1차 영유아 검진을 하고 왔다. 다행히 모두 건강한 상태로 나왔다.
아직 같은 개월 수 아기를 만난 적이 없어서
거니가 큰지 작은지 잘 몰랐는데
개월 수에 비해 큰 편이라고 한다.
요즘 거니를 안기 힘들었는데 다 이유가 있었구나!

6개월 아기 거니

D+183

6개월 진입! 돌까지 절반 왔다는 생각에 왠지 기쁘다.
거니는 요즘 엄청 많이 웃고, 혼자 스르르 잠드는 때도 제법 늘었다.
또 그만큼 소리를 지르거나 짜증을 내기도 해서
이틀에 한 번은 꼭 산책을 나간다.
아무래도 점점 더 사람(?)이 되어 가는 것 같다.

상황극

D+184

짠
거니거니 고객님,
주문하신 얼음 빼고
분유 프라프치노
벤티 사이즈
나왔습니다!
아무말
잔뜩ㅋ
분유

엄마…?
갑자기 왜 그래요 ;;
그냥 분유 주세요…

엉덩이 샴푸

D+185

거니가 커지면서 점점 엉덩이 씻기기가 힘들어진다.
한 팔에 쏙 들어오던 때가 있었는데…
하루가 다르게 큰다는 말을 실감하고 있다.
거니가 크는 만큼
나도 체력이 좋아지면 좋겠다.

필수 예방 접종

D+186

6개월, 3차 필수 예방접종을 하러 다녀왔다.
아침 일찍 나왔는데도 인원이 많아 한 시간을 기다렸다.
거니가 그동안 주사 맞을 때 거의 울지 않았는데
이번에는 세 방이나 연달아 맞아서인지 엉엉 울었다.
예방 차원이지만, 아기에게 맞혀야 하는 주사가 참 많다.

미열

D+187

거니가 어제저녁부터 열이 나서
밥을 반밖에 못 먹고 놀지도 않았다.
그동안 예방접종으로 열이 오른 적이 없었는데
이번에는 컨디션이 안 좋았던 걸까.
열이 나는 원인이 짐작되는데도, 혹시 다른 이유일까 봐 긴장됐다.
거니가 몇 번 아프면서 내 마음도 같이 단단해진 줄 알았는데 아니었나 보다.
다행히 저녁 무렵에 열이 거의 다 내렸다.

샤워 충전!

D+188

저녁이 되면 거니의 짜증이 늘어나고 내 체력도 떨어진다.
오늘은 특히 거니가 짜증을 많이 내서 급히 샤워를 했다.
잠시라도 따끈한 물에 씻고 나면
몸도 마음도 상쾌해져서 여유가 좀 생긴다.
샤워 커튼 사이로 까꿍 놀이를 했더니 거니도 재밌어하면서 기다려 줬다.

상추죽

D+189

두부김치랑 상추쌈을 맛있게 먹다가 문득,
거니도 상추를 먹을 수 있을 것 같아 검색해 보고 이유식을 만들었다.
우리가 점점 같은 음식을 먹을 수 있게 되는 것 같아 좋다.
거니야 사실 상추는 죽보단 쌈으로 먹는 게 더 맛있어!

의사 표현

D+190

거니의 옹알이가 늘었다.

누워서 허공을 보고 소리 지를 땐

'아~ 심심해, 나가고 싶다.' 하는 것 같고,

이유식을 먹으면서 빠르게 말할 땐

'목마른데 물은 언제 주냐' 하고 묻는 것 같다.

비록 모두 비슷하게 '넨넨넨'이나 '아아아악'으로 들리지만.

첫 도서관 나들이

D+191

집에서 도보 10분 거리에 있는 어린이 도서관에 다녀왔다.
오늘은 맛보기로 짧게 책 한 권만 같이 보고
한 바퀴 휘 돌고 나왔다.
앞으로 거니와 심심할 때 들를 수 있는 장소가 하나 더 생겼다.

되집기도 성공

D+192

드디어 거니가 되집기 기능을 장착했다!
그리고 데굴데굴 굴러다니면서 자기 시작했다.

앉기 연습

D+193

거니가 혼자 앉을 수 있도록 연습을 시키는데
아직은 길어야 5초 정도 앉아 있다가 앞이나 옆으로 털퍼덕 쓰러진다.
어른 입장에서 '앉다'는 '눕다'만큼 쉽지만,
힘뿐 아니라 균형 감각이 필요한 동작이라고 한다.
역시 처음부터 쉬운 일은 없구나. 힘내라 거니거니!

벌써 아침이야

D+194

거니가 새벽에 깨서 한 시간을 넘게 울었다.
달래도 소용없고, 이유도 알 수 없으니 답답하다.
이가 나느라 힘들어서 깊이 잠을 못 자는 걸까?
그래 놓고 아침에는 맑은 얼굴로 웃고 있다.

새로운 과제

D+195

거니가 엎드려서 시동을 걸듯이 엉덩이를 들썩거린다.
아마 기기 연습인 것 같다.
때가 되면 누가 알려주지 않아도
다음 단계로 진입하는 게 신기하다.
그나저나 나는 잘 하고 있는 걸까.
순간순간 마음이 어려워진다.

집중의 시간

D+196

종종 거니가 집중해서 혼자 놀고 있으면 나는 숨어서 구경한다.
집중하고 있는 사람을 감싸는 고요함과
느릿하게 흐르는 것 같은 분위기가 왠지 좋다.
거니는 전보다 손가락을 더 정교하게 움직이고
장난감도 더 오래 바라본다.

범퍼 쿠션

D+198

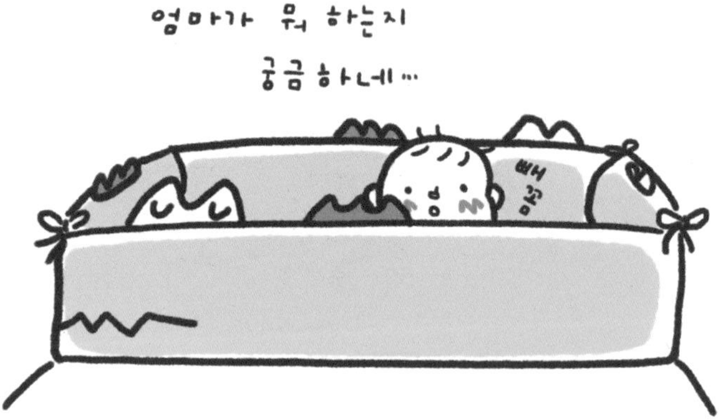

거니가 굴러다니다가 소파 밑에 머리를 넣기도 하고
예상치 못한 위치에 순식간에 가 있어서
범퍼용 긴 쿠션을 구매했다.
너무 많은 제품을 검색하는 바람에 3일을 고민하다가 겨우 골랐다.
육아용품의 세계는 정말 넓다. 아니 그보다 인터넷 쇼핑 세계는
끝없이 넓어서 자주 사려던 걸 까먹고 길을 잃는다.

밤마실

D+199

혼자 있고 싶어서 밤늦게 밖으로 나왔다.
그럭저럭 잘 지내는 것 같다가도 한 번씩 어딘가에 걸린 듯 휘청인다.
이런 감정이 감지되면, 오래 담지 말고 산책을 하든 맛있는 차를 마시든
뭐든 하면서 훌훌 털어내려고 노력한다.
육아 일기를 쓰고 그리는 것도 그중 하나.

part 5

아이의 소소한 성장을 자랑하고 싶어진다

가벼운 기분

D+201

백일 이후에 머리카락이 많이 빠지기 시작해서
단발로 싹둑 잘랐다.
머리도 마음도 가벼워서 신이 났다.
진작 자를걸!

풍선 놀이

D+202

구에서 운영하는 '육아 코칭 서비스'를 신청한 첫날!
거니와 육아 코칭 선생님과 셋이 놀았다.
앞으로 3개월 동안 열 번을 방문해서
이런저런 놀이를 알려 준다고 한다.
거니는 풍선 놀이를 엄청 좋아했다.

첫 과일

D+203

집 앞에 장이 서서 자두랑 블루베리를 사 왔다.
과일 거름망에 넣어서 거니 손에 쥐어 줬는데
끝까지 붙잡고 잘 먹었다. 맛있나 보다.
같이 마주 보고 앉아 과일을 먹는 날이 오다니.

코감기

D+204

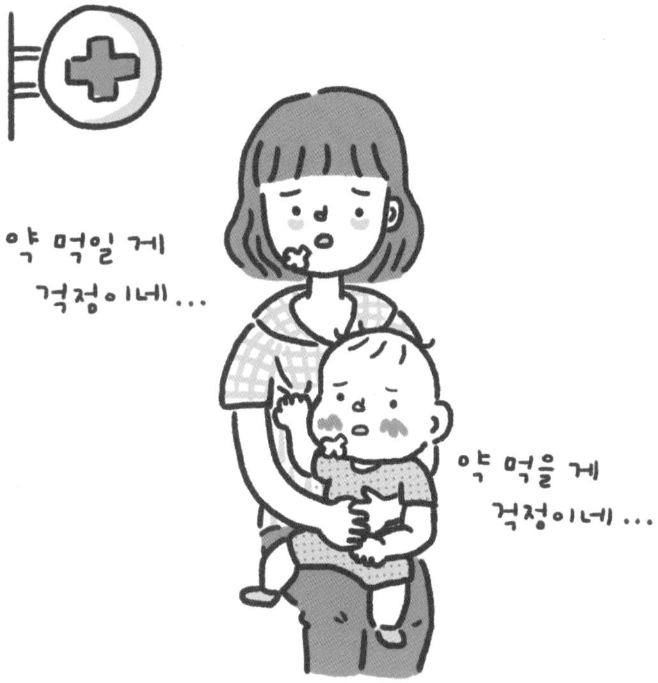

거니가 코감기에 걸렸다.
하루에 네 번 약을 먹여야 한다니…
전쟁이다.

약 먹이기 전쟁

D+205

거니는 내가 약 먹이려는 자세만 잡아도, 슬슬 몸을 뒤로 빼다가
한 숟가락 입에 넣는 순간부터 온 힘을 다해 도망가려고 애쓴다.
여기다가 코뻥*까지 하려니 하루에 거니를 몇 번 울리는지 모르겠다.

* **코뻥**: 콧물 흡입기

모든 일이 놀이로 변하는 마법

D+206

하루가 길었다.
거니랑 빨래 걷기 놀이를 했다.
거니랑 같이 있으면 모든 일이 놀이가 된다.

인중 3센티

D+207

언제부턴가 거니가 시선 아래쪽에 궁금한 것이 생기면,
인중을 쭉 늘려서 보는 버릇이 생겼다.
우리는 이걸 '인중 3센티'라고 부른다.
어른이 되어서도 이 표정을 짓는 건 아니겠지.
"음… 거니야 이건 솔직히 말해서 별로야."

잠자리 독립

D+208

거니랑 처음으로 따로 잤다.
거실에 쿠션과 요를 이용해 공간을 만들어 줬는데
기뻐하는 것 같다.
평소보다 쉽게 잠들고 아침까지 잘 잔다.

볼살이 볼록볼록

D+209

거니 코감기가 영 나아지지 않는다.
약을 사흘치 더 받아 왔다.
거니는 요즘 낯가림이 없어서
반갑게 웃어 주는 사람 모두에게 방긋방긋 웃는다.
거니를 안고 있으면 표정을 직접 볼 수 없지만,
내려다봤을 때 볼살이 볼록 올라오는 모습으로
충분히 상상할 수 있다.

코뺑의 기술

D+210

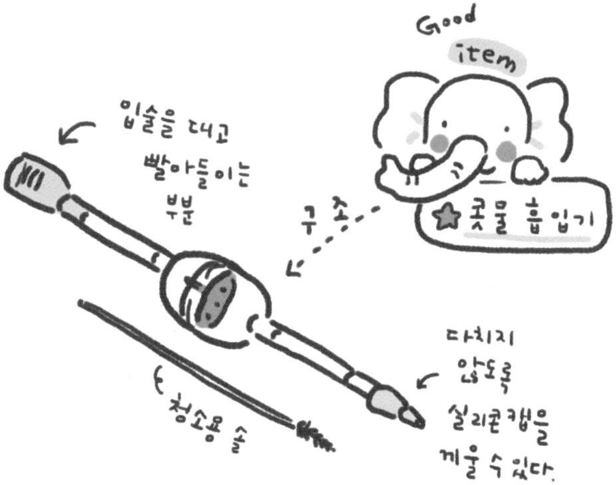

혼자서는 코뺑을 해 줄 수 없어서 고민하고 있었는데
친구가 좋은 기술을 알려 줬다.
다리를 사용해서 아기 다리와 팔을 한번에 못 움직이게 잡는 방법!
이제 혼자서도 손쉽게 코뺑과 약 먹이기가 가능해졌다.
코감기가 빨리 나으려면 막혀 있는 코를 빼 주는 게 좋다고 한다.

약 먹기 싫은 거니

D+211

친구한테 배운, 약 먹이기 기술을 사용한 지 두 번 만에
거니가 달라졌다.
손으로 입을 막거나 얼굴을 뒤로 빼는 것을 못 하게 되자
1차로 입을 꾹 다물고,
2차로 혀를 사용해 약병 입구를 막기 시작했다.
울지도 않고 진지하게 집중해서 약을 막아 내는 거니를 보면서
할 말을 잃었다. 와… 항복이다!

아프면 큰일

D+212

아침에 목이 따갑고 두통이 있었다.
거니가 태어나고 나서는 특히, 아프면 큰일이라는 생각이 든다.
체력이 떨어진 것 같아 틈나는 대로 잠을 잤다.

손님을 맞이하는 기쁨

D+213

육아 코칭 선생님이 물풍선과 수수깡, 셀로판지, 폼폼볼 등을 가지고 오셔서 아기와 할 수 있는 놀이를 알려 주셨다.
그중에서 거니가 가장 좋아하는 건 역시나 입으로 쪽쪽 빠는 것.
놀이보다는 집에 새로운 사람이 방문했다는 것이
거니에게 기쁨이 되는 것 같다.

무릎에서 무릎으로

D+214

동생네 집에 저녁 식사 초대를 받았다.
오랜만에 여러 사람에게 둘러싸인 거니는 내 무릎에서
삼촌 무릎, 숙모 무릎, 할머니 무릎으로 옮겨 다니며
꺄륵 꺄륵 실컷 웃었다.

자꾸 보고 싶은 리액션

D+215

코감기만 아니라면
거니 7개월 인생에서
요즘이 가장 기분 좋은 나날인 것 같다.
별것 아닌 것에도 잘 웃어서
자꾸 무리해서 웃기고 싶어진다.
리액션이 참 좋단 말이지.

머리카락 사냥꾼

D+218

남편이 나에게 새로운 별명(?)을 지어 줬다. 머리카락 사냥꾼.
단발로 잘랐지만 여전히 머리카락이 많이 빠진다.
돌돌이와 부직포 밀대가 요즘 내 주요 장비다.

요리 평가

D+219

거니가 드디어 이유식을 두 번 다 50ml씩 먹었다.
어제까지는 먹다가 장난을 치거나
이유식을 손에 묻힌 채로 눈을 비벼서 얼굴이 엉망이 되었는데
오늘은 깔끔하게 잘 먹었다.
바닥까지 싹싹 긁어 먹이는 날은
거니에게 맛있었다는 피드백을 받은 것 같아 신난다.

비 오는 날 산책

D+220

비가 적당히 내려서
우산을 쓰고 산책하기 좋은 날이었다.
길에서 장화 신은 아이들이
장난치는 모습을 봤다.
거니가 장화를 신을 수 있을 때쯤
같이 예쁜 장화를 사야지.

상체 들기 성공

D+221

거니가 열흘 전부터 팔을 펴고 상체를 들려고 하더니
이제는 쭉 펴고서도 여유 있는 얼굴로 나를 본다.
'엄마, 이것 봐요. 나 이 정도는 할 수 있어요.' 하는 것 같다.
누구에게 배우지 않아도 조금씩 조금씩 익힌다.

일어선 거니

D+222

거니가 팔에 힘이 생긴 만큼 다리에도 힘이 생겨서
양팔로 잡아 주면 꽤 오래 버티고 서 있는다.
서 있다는 감각이 얼마나 새로울까.

초보 부모의 길

D+223

거니가 어제부터 갑자기 손목을 까딱까딱 돌린다.
딸랑이를 가지고 놀다가 익히게 된 걸까.
이 모습이 재밌어서 멍하게 구경하다가 동영상도 찍어 뒀다.
이렇게 아들 바보가 되나 보다.
오늘 읽은 책에서 "초보 부모는 아무도 관심 없을 아이의
소소한 성장을 자랑하고 싶어진다"라는 대목을 읽다가 흠칫했다.
요즘 내가 그리고 있는 육아 일기가 그렇지 않은가!
어쩔 수 없이 초보 부모의 길을 그대로 따라 걷고 있다.

나를 닮은 거니?

D+224

거니가 분유를 더 먹고 싶어 하는 것 같아서
조금 더 타 주려고 젖병을 빼서 일어났는데, 엉엉 울고 난리가 났다.
거니는 배고픔을 잘 못 참는 편이다.

다 같이 메롱

D+225

아침에 일어난 거니가 갑자기 우리를 보고 메롱을 했다.
혀를 요리조리 움직인다. 웃기고 재밌어서 우리도 따라 했다.
메롱을 하면 이가 나려는 것이라는데, 진짜일까?

자꾸 따라 하게 되네

D+226

발가락 키스 클럽(이 이름은 남편이 지은 것)이 만들어졌다.
별건 아니고 누워서 거니처럼 발가락이 입에 닿을 수 있는 사람만 들어갈 수 있는 모임이다. 모임장은 거니, 모임원은 남편 한 명인 소소소소소규모 모임이지만, 나는 이게 안돼서 입단 거부당했다가 오늘에서야 연습해서 들어갔다. 이제 모임원은 셋.

이 자리가 가장 아늑해

D+227

거니가 요즘 가장 좋아하는 장소는 소파 밑.
처음에는 손을 조금 뻗어서 넣어 보기를 반복하다가
최근에는 뒤로 들어가는 경우가 많아 당황스럽다.
거긴 일주일에 한 번밖에 청소하지 않는 구역인데…

외식 실패!

D+228

부모님 댁에 놀러가서 처음으로 거니를 두고,
남편과 외식하러 나갔다가 5분 만에 전화를 받고 돌아왔다.
우리가 나가자 이상함을 감지한 거니가 표정이 안 좋아지더니
문만 쳐다보고 엉엉 울었다고 한다.

우리는 모두 다르게 성장한다

D+229

거니가 아침부터 상체와 엉덩이를 모두 번쩍 들었다.
또래 아기들이 기어 다닌다고 해서 거니는 조금 느린 편이라고만 생각했다.
그런데 다른 쪽(?)을 파고 있었나 보다. 주변에서 들어 보면 이 시기에
뒤로 기는 아이, 기지 않고 바로 걷는 아이,
등을 대고 몸을 미는 아이 등 다양하다고 한다.
사람은 원래 다 다르게 태어나고, 다른 속도, 다른 방식으로 살아가는구나 싶다.
왠지 육아를 하면서 위로를 받는다.

투투

D+230

밖이 찜통이라 어제부터 종일 집에만 있었다.
거니는 요즘 입술을 투투거리며 투레질을 시작했다.
옛말에 아기가 투레질을 하면 비가 온다던데
진짜 비가 한번 시원하게 내렸으면 좋겠다.

낮잠 타임

D+231

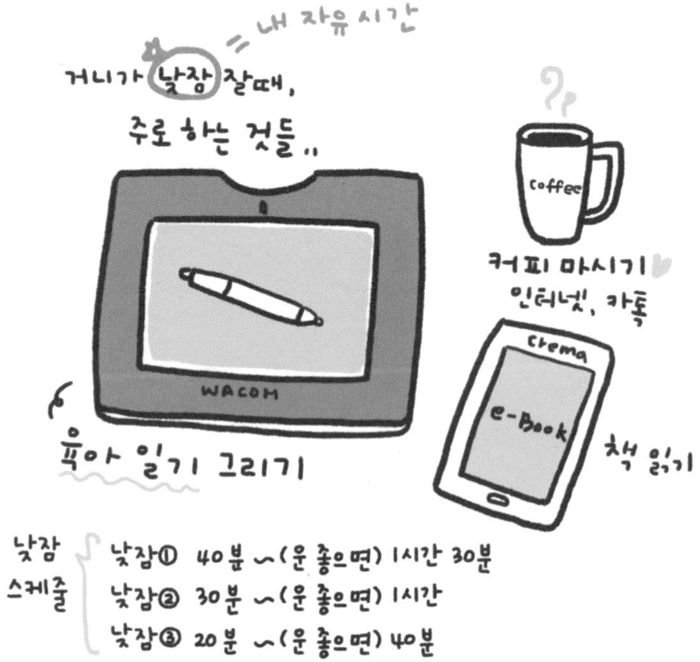

요즘 거니의 낮잠 스케줄은 하루에 세 번이다.
일정해지기 시작하면서 나름의 시간표가 생겼다.
낮잠 1에는 육아 일기를 그리고,
낮잠 2에는 점심을 먹으면서 책을 보거나 인터넷을 하고,
낮잠 3에는 샤워를 하고 집안일을 한다.

걷기 선배

D+232

거니가 드디어 기려고 하는 것 같다. 될 듯 말 듯 안돼서 먼저 기고 걸어 본 사람으로서 노하우를 알려 주고 싶은데 어떻게 알려 줘야 할지 모르겠다.

미운 새싹

D+233

새싹이 올라오듯 흰머리가 나타나는 날이 제법 늘었다.
흰머리를 보면 노화에 대해 생각하게 된다.
거니가 클수록 체력이 더 필요할 텐데 내가 따라갈 수 있을까.
일단 영양제라도 챙겨 먹고 자자!

수면의 질

D+235

오랜만에 거니랑 둘이 침대에서 자다가 새벽에 서너 번을 깼다.
한 번은 거니가 침대 헤드에 머리를 쿵쿵 박는 소리가 나서,
한 번은 거니가 내 얼굴을 발로 차서, 한 번은 거니가 갑자기 울어서…
수면의 질이 얼마나 중요한지 다시 깨달은 밤이었다.
거니와는 앞으로도 쭉 따로 자는 게 낫겠다.

'좋아요'를 누르고 싶은 하루

D+236

오랜만에 남편에게 거니를 맡기고
친구를 만나 신나게 놀고 돌아왔다.
전에는 마음만 먹으면 나갈 수 있었지만
지금은 여러 상황과 스케줄을 고려해야 외출이 가능하다.
그래서 이런 시간이 더 특별하게 느껴진다.

정말 이가 나오고 있었네

D+238

거니 입안을 닦아 주다가 딱딱한 부분이 만져져서 보니
아랫니가 나오기 시작했다. 아주 살짝 보인다.
나도 다 겪은 일일 텐데… 신기하다.

떡뻥 사랑

D+239

몇 주 전에 거니에게 처음 떡뻥을 주었을 땐, 영 관심을 안 보였는데
이제 이가 생겨서 그런지 야무지게 잡고 먹는다.
하나를 다 먹고 바닥과 손과 입 주변이 끈적해졌다.

이쯤인가

D+241

그림책을 보는데 거니가 묘하게 마지막 말만 따라 하는 것 같아
주의 깊게 들어 봤다.
정말 같은 장면에서 한 글자만 따라 소리를 낸다.
정확하게 할 줄 모르니까 대충 이쯤이다 싶을 때
"아~알" 하고 말하는 거니.

앉기 성공!

D+243

여행을 잘 마치고 집으로 돌아왔다.
겨우 이틀짜리 여행인데도 짐을 풀어 놓으니 정리할 것이 많았다.
우리가 잠시 집안일에 바빠 눈으로만 슬쩍 슬쩍 거니를 쫓고 있는 사이,
거니가 혼자 앉았다.
세상에! 분명 조금 전만 해도 엎드려서 놀고 있었는데.

TV로 얻은 평화

D+244

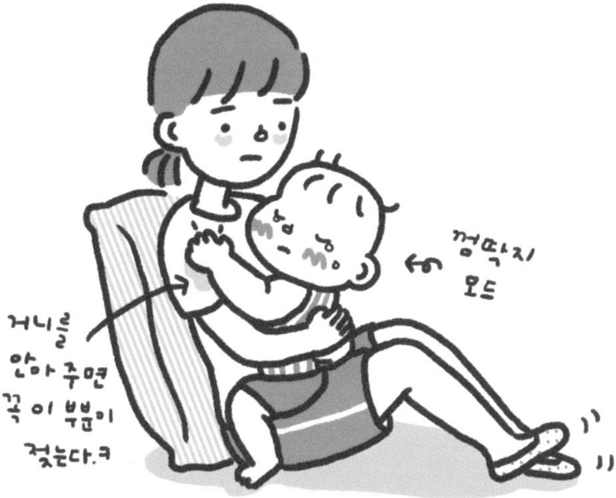

이가 올라와서 아픈지 거니가 종일 컨디션이 안 좋았다.
낮잠을 자다가도 엉엉 소리 지르면서 일어나서 깜짝 놀랐다.
떨어져 있으면 울어서 이유식을 몇 시간에 걸쳐 만들었는지 모르겠다.
저녁 무렵에는 나도 지쳐서 TV를 틀었는데
TV를 켜고 우리 둘 다 평화를 얻었다.
진작 TV의 힘을 빌릴걸…

part 6

캄캄한 밤이 되었다가 낮이 되었다가

별로인 나

D+245

하루 종일 우울한 마음에서
허우적거리느라
거니와 놀아 주지 못했다.
밥을 챙기고, 기저귀를 갈고,
잠을 재우면서도 마음은 딴 곳에 빠져
거니를 제대로 바라봐 주지 않은 걸
거니도 알아차렸을까.
별로인 사람에서
별로인 엄마까지 된 것 같다.
…?

밴드형에서 팬티형으로

D+246

거니가 기저귀를 갈아 줄 때마다 몸을 뒤집어서
팬티형 기저귀를 주문했다.
써 보니까 바지 입히듯이 쓱 올릴 수 있어 확실히 편하다.
기저귀 포장지에 "뒤집기 시작하면 입히세요!"라는 문구가 쓰여 있었다.
모두 이쯤에서 이런 고충을 겪었구나 생각하니 왠지 웃음이 났다.

거니 엄마

D+248

할머님, 할아버님 제사 때문에 친척들이 많이 모인 날.

어른들이 갑자기 나를 “거니 엄마”로 부르기 시작했다.

내가 거니 엄마 맞는데, 왜 기분이 이상하지…?

손주 사랑

D+249

아버지가 거니를 대하는 모습이 인상적인 날이었다.
거니가 할아버지 마음에서 소중하게 반짝인다.

배움의 기본

D+251

앉는 연습을 하는 거니를 보고 있으면
나도 무언가를 열심히 해 보고 싶어진다.
반복해서 시도하고, 익숙해질 때까지 계속 해 보는 것.
아기는 배움의 기본을 이미 알고 있다.
어른인 나도 노력해야지.

안전제일

D+252

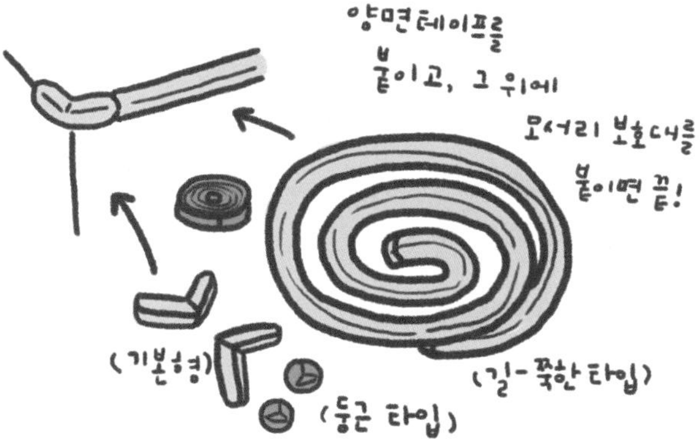

거니가 하루가 다르게 자라서
모서리 보호대를 다양하게 주문했다.
인테리어는 이제 정말 안녕이다.

엄마 감지기

D+253

갑작스럽게 껌딱지 모드가 된 거니.
내가 조금 멀어지거나 다른 일을 하면 금방 알아차린다.
허락된 거리가 너무 짧다.

이건 내가 발견한 거야!

D+254

거니는 요즘 발견의 기쁨을 누리고 있다.
내 눈에는 별것 아닌 물건과 현상을 흥미롭게 바라본다.
오늘은 심지어 내 머리카락을 주워 양손으로 왔다 갔다 하면서
한참을 바라봤다.

담 넘는 재미

D+255

이제 범퍼 쿠션쯤은 우습게 넘는 거니.
넘어오다가 얼굴을 몇 번 박았는데도
계속 계속 넘고 싶어 한다.

밥솥 이유식

D+256

밥솥 이유식에 처음 도전한 날.
뭐가 잘못되었는지 중간에 압력솥에서 터질 듯한 굉음이 났다.
뚜껑을 열기 무서웠는데 다행히 이유식은 잘 만들어졌다.

자유의 맛

D+257

일요일 오후. 남편 찬스로 약속에 나갔다.
아기자기한 골목 카페에서 차를 마시고
힙한(?) 거리를 걷다가 펍에서 가볍게 저녁도 먹었다.
다들 겨우 맥주 한 잔에 기분이 좋아져서
많이 웃고 떠들다 집으로 돌아오는 밤, 아- 좋다.

맹수 모드

D+258

거니가 요즘 기는 데 제법 속도가 붙어서
관심 있는 것이 보이면 성큼성큼 다가간다.
특히 스마트폰과 음식에 관심이 많다.

친구 집에 초대받은 거니

D+259

거니가 처음으로 동네 친구 집에 초대받았다.
얼마 전까지 누워만 있던 거니가
친구와 나란히 앉아 있는 모습이 신선했다.

목요일

D+260

목요일은 일주일 중 내가 가장 지치는 날.
거니도 가장 피곤한 요일인지
잘 놀다가도 자꾸 칭얼거렸다.
게다가 비가 계속 내려서 오늘도 종일 집에 있었다.
내일은 맑아지기를.

처음 일어선 날

D+261

거니가 소파를 잡고 처음 일어선 날!

이앓이

D+262

거니의 윗니 네 개가 한꺼번에 나오고 있다.
요즘 짜증이 늘었던 이유가 있었다.
아프겠다.

인상적인 장면

D+263

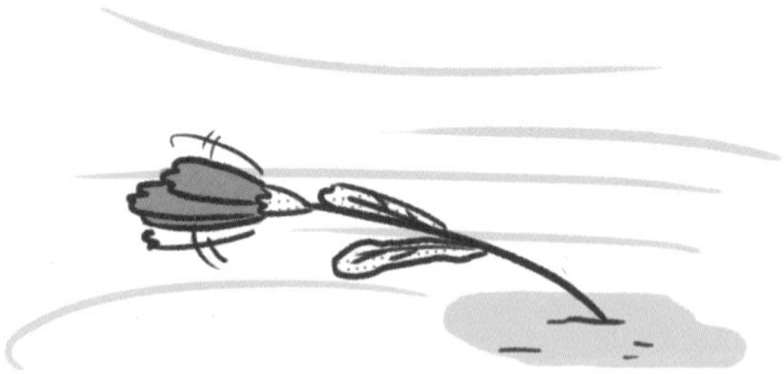

커다란 나무가 휘청이고 마른 잎들이 날아다니는
바람 속에서 작은 꽃이 버티는 모습을 봤다.
태풍 링링이 지나간 날.

엄마 껌딱지 거니

D+264

거니는 길 수 있게 되면서 내가 가는 곳마다 따라온다.
간혹 만지지 못하게 하는 물건이 보이면
내가 생각한 속도보다 훨씬 빠르게 다다다 기어가서
손으로 잡고, 입에 쏙 넣는다.

첫 신발

D+265

거니의 첫 신발을 사 왔다.
머리에 쓰는 종류는 씌우자마자 바로 벗어던지는데
신발은 잘 신고 있다.
이제 유아차에서 발을 탕탕거려도 걱정 없겠다.

담요 놀이

D+266

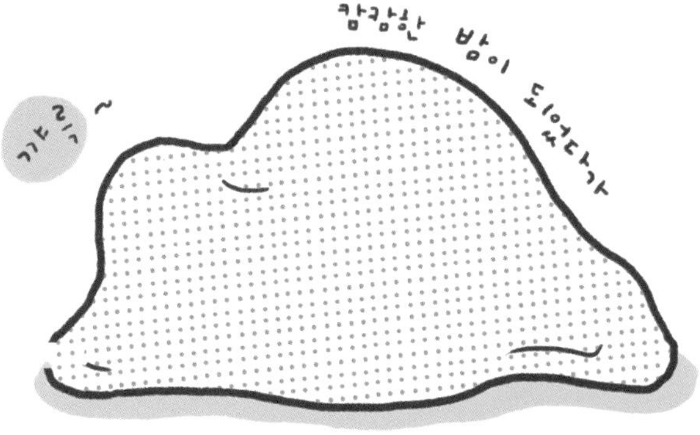

낮이 되었다가~
오어!

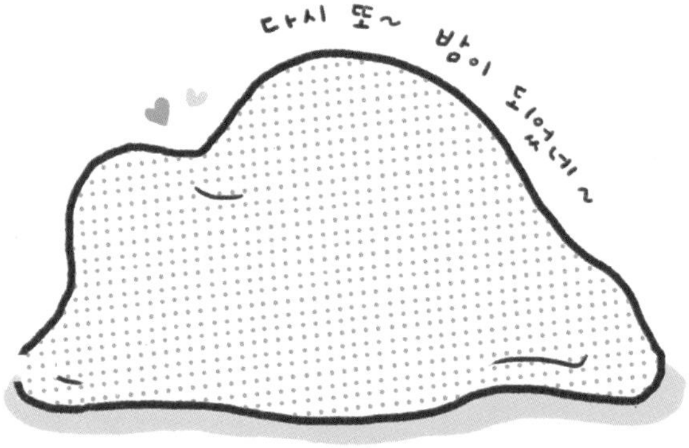

거니는 매일 새로운 걸 찾아내어
감탄하거나 실망하면서 관심사를 넓혀 간다.
나도 옆에서 거니가 새로운 놀이나 장난감을
발견하도록 거들고 있다.
나의 어린 시절은 어땠을지 부쩍 궁금해진다.

비 피하기

D+270

산책 나갔다가 갑자기 비가 내려서 집으로 돌아오는 길.
거니 다리가 젖겠다고 걱정하면서 걷는데
유아차 차양 안쪽으로
발을 들고 있는 거니를 발견했다.

잘 시간인데 아빠가 어디 갔지?

D+271

밤잠 재우기 담당인 아빠가 늦는 날.
"이제 잘 시간이야."라고 말하면서 수유등을 켰는데
거니가 두리번거리며 아빠를 찾는 듯했다.
계속 현관을 보고 앉아 있는 뒷모습을 보니 짠하기도 하고,
그동안 아빠의 존재감이 느껴져서 찡하기도 하고.

번쩍!

D+272

요즘 거니는 낮잠을 잘 자다가…

정확히 30분이 지나면
눈을 뜨고 내가 있는지 확인한다.

문 앞에서 엉엉

D+273

화장실과 현관문 앞에서 울기 시작한 거니거니

배숙 레시피

D+274

갑자기 날이 쌀쌀해졌다.
거니도 나도 감기 기운이 느껴져서
집에 있는 배로 배숙을 만들어 봤다.
효과가 있기를!

안전 모자를 쓴 거니

D+275

머리 쿵 방지용 헬맷을 쓰게 된 거니.
모자를 싫어해서 분명 안 쓸 거라고 예상했는데
멋지다고 칭찬을 해 주고 다른 장난감으로 시선을
돌리니 의외로 잘 쓰고 놀았다.

슬픈 연락

D+276

반가운 연락인 줄 알았는데…

슬픈 소식이었다.

캄캄한 마음

D+277

친지분들과 1박 2일 함께하는 밤.
갑자기 많은 사람들을 만난 거니는
자정이 넘어서도 잠들지 못했다.
밖에 나와 차 안에서 거니를 재웠다.
차창 밖으로 보이는 까만 하늘, 흔들리는 까만 나무,
까만 풀, 까만 비를 보면서…
어젯밤 까만 옷을 입고 나가
마지막 인사를 건넨 순간을 생각했다.
산다는 건 뭘까?

안아안아병

D+278

날이 부쩍 쌀쌀해져서 긴팔 옷을 꺼냈다.
거니가 봄에 입던 옷들이 대부분
팔이 짧아지거나 몸에 딱 맞았다.

추억의 자동차 놀이

D+279

어릴 때 동생이랑 했던 자동차 놀이를
거니랑 해 봤는데, 거니도 엄청 좋아했다.
특히 "빵빵~ 비켜 주세요"와 "끼이익!" 하는
대목에서 자지러지게 웃었다.

네 얼굴에 무지개가 머문 순간

D+280

햇살이 따뜻해서 베란다에서 거니와 놀았다.
거니 얼굴에 무지개 조각이 머문 순간이 좋았다.

난방 텐트 설치

D+281

거실에서 자는 거니를 위해 난방 텐트를 구입했다.
새벽의 건조함과 추위를 잘 막아 주기를!

카페 데이트

D+282

거니와 단둘이 카페에 갔다.
주변 손님에게 피해가 되지 않을까 싶어
언제든 일어날 마음으로 앉아 있었는데
30분 만에 거니가 싫증을 내기 시작해서 짐을 챙겼다.
카페에 있는 손님 중 누구도 우리에게 눈치를 주지 않았고
카페 사장님은 괜찮으니 더 있다 가라고 얘기해 주었다.
그 말과 분위기가 고마웠다.
이만하면 첫 시도치고 좋았다고 생각하며 집으로 돌아왔다.

카시트 타고 드라이브

D+283

엄마를 도와드릴 일이 생겨서 거니를 데리고 엄마 가게에 다녀왔다.
요즘 카시트를 싫어해서 잘 앉아 있을까 걱정했는데
오갈 때 모두 잠이 든 거니.
덕분에 수월한 외출이었다.

타임머신

D+284

남편과 거니가 외출한 사이에 놀이 매트를 청소하고
새로 받은 일을 집중해서 했다.
아무도 없는 집, 내 방 책상에 앉아
좋아하는 드라마를 틀어 놓고 그림을 그리다니.
타임머신을 타고 거니가 태어나기 전으로 잠시 돌아갔다 온 것 같다.

기억하고 싶은 대화

D+285

거니가 열이 오르기 시작해서 마음을 졸이며 일요일을 보냈다.
저녁에 거니를 안고 있던 남편이 문득 나를 바라보다가
"여보랑 사는 거 좋아!"라고 말했다.
기분이 좋아서 나도
"갑자기? 근데 나도 남편이랑 사는 거 좋아!"라고 대답했다.

허무해

D+287

주말에 작업했던 포스터 일러스트를 쓰지 못하게 되었다.
아프리카 돼지 열병으로 행사가 취소되었다고 한다.
어쩔 수 없는 일이지만 맥이 빠진다.

취소

D+288

이번 주말에 예정되었던
그림책 놀이 행사도 무산되었다는 연락을 받았다.
토요일에 작업한 일들이 연달아 취소되니
아직은 육아에 더 집중하는 게 좋을까 싶다.

완벽한 날

D+289

하루 종일 맑음. 선선한 바람이 기분 좋게 불었다.
휴일이라 느릿하게 집 정리를 하고
남편과 거니와 동네 맛집에서 점심을 먹고
차도 마시고 산책했다.
밤에는 그림 같은 초승달까지 보았던, 완벽한 날.

신나게 어지르는 중

D+290

앞으로 내가 거니의 에너지를 따라갈 수 있을까…

육아도 맞들면 낫다

D+291

거니를 재우고 영화를 한 편 보다가 잠이 달아나 버렸다.
새벽 세 시까지 잠이 안 오다니! 내일이 일요일이라 다행이다.
주말마다 느끼지만, 역시 육아도 맞들면 낫다.

맛있는 간식

D+292

거니가 아기 치즈를 처음 맛보았다.
마지막에는 치즈가 살짝 붙은 그릇까지 들고
입에 털어 넣느라 정신이 없다.
이렇게 좋아할 줄이야.

걸음마 연습

D+293

거니가 여섯 발자국 걸었다.

첫 멍

D+294

거니는 아직 몸을 가누는 일이 쉽지 않은지
매일 어딘가에 부딪쳐서 서럽게 운다.
처음으로 얼굴에 멍이 들었다.

거봉 홀릭

D+295

남편과 나에게 거봉은 있으면 먹고, 없으면 마는 정도인 과일이다.
그런 거봉을 거니에게 주려고 사 왔다.
거니가 한 번에 먹는 양은 서너 알이지만
과일 중에 가장 폭발적인 반응을 보여 주고 있다.

슬픈 뒷모습

D+296

아기 울타리를 얻어 와서
내 책상 주변과 화장실 문 앞을 막았다.
안전에 도움이 될 것 같아 든든하지만
거니의 슬픈 뒷모습을 자주 보게 된다.

따끈한 무게감

D+297

취소되었던 일을 다시 하게 돼서
우체국에 계약서를 발송하러 다녀왔다.
거니는 외출이 좋아서 신나 하더니 곧 하품하고 잠이 들었다.
잠든 거니를 안고 있으면, 따끈한 무게감이 느껴진다.

야구 시합

D+299

거니와 함께 처음으로 남편의 야구 시합을 보고 왔다.
우리가 와서 남편은 기분 좋은 긴장감을 느끼는 것 같다.
거니도 아빠만큼 야구를 좋아하게 될까?

part 7

'엄마'라는 이름에 조금 더 익숙해졌다

300일

D+300

거니와 만난 지 어느새 300일.

돌고래 거니

D+301

아버님 기일이라 오랜만에 가족이 다 모였다.
거니는 사람이 많아서 좋은지
종일 돌고래 소리를 내면서 기어 다니느라 바빴다.

이유식 근황

D+302

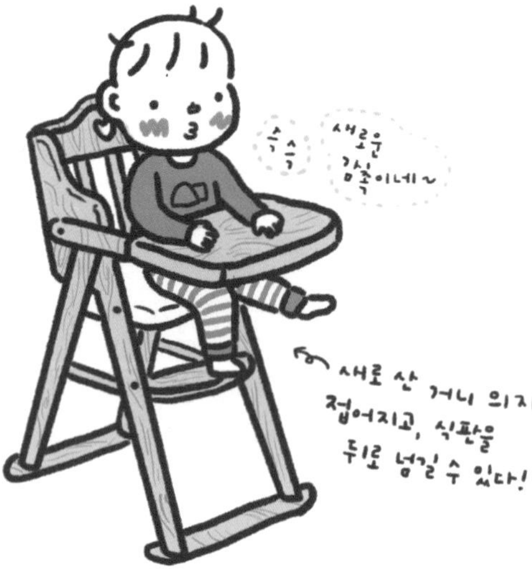

이유식을 하루 두 번 주다가 최근에 세 번으로 늘렸다.
이왕 만들 때, 한 끼 더 만들면 된다고 편하게 생각했는데
해 보니까 은근히 힘들다.
이유식을 만들고 먹이고 치우고 정리하고.
그 사이사이 내 밥도 챙겨 먹으니까
하루의 절반은 주방에 있는 기분이다.

브런치 모임의 현실

D+303

평일 낮 백화점에서
엄마들(?) 약속이 생겼다.
이런 브런치 모임을
멀리서 볼 때는 한가롭고
우아한 분위기일 거라 생각했는데,
환상이 한 방에 깨졌다.
무슨 얘기를 하다가 돌아왔는지 모르겠다.
분명 맛있는 걸 먹은 것 같은데…

일하는 중

D+305

나는 궁금하지 않다.
나는 혼자 있는 것과 다름없다.
나는 신경 쓰이지 않는다.
...
으아아아! 그럴 리가!

회복

D+307

10개월에 들어서면서, 빠지는 머리카락의 양이 눈에 띄게 줄었다.
내 몸에 사람 하나가 꽤 오래 있다가 나갔다는 사실이
지나고 보니 실감 나지 않는다.
힘들어서 누워만 있던 시간이나 입덧의 느낌,
내 배가 풍선처럼 부풀었을 때와
모유 수유에 대한 기억도 아주아주 멀어진다.
그래서 시간이 더 흐르면
힘들었던 기억은 전혀 남지 않을 것 같다.
잘된 일이지만 뭔가 조금 아쉽다.

시원한 귀 청소

D+308

독감 주사를 맞고 온 거니.
병원에서 귀 검사를 하다가 핀셋으로 귀지를 빼 줬는데
거니가 시원한지 내내 편안한 표정으로 가만히 있었다.
평화롭게 있는 거니가 너무 웃겨서
그 자리에 있던 사람들 모두 웃음을 터뜨렸다.

엄마 스피커

D+309

거니랑 같이 있으면 기억하고 있는지도 몰랐던 동요가
입에서 자꾸 나온다.
어릴 때 불렀던 만화 주제가도 술술 나온다.
“아침 해가 빛나는 끝이 없는 바닷가~
맑은 공기 마시며 자아 신나게 달려 보자~”

거니의 장난

D+310

거니가 이불 더미 뒤에 숨었다가
얼굴을 빼꼼 내밀었다가를 반복하길래
장단에 맞춰서 “거니 어디 갔지?” 하고 찾는 시늉을 했더니
아예 깔깔거리면서 다른 방으로 도망가 버렸다.
세상에, 이제 장난도 건다.

우리 아가

D+311

거니야, 엄마는 너를 몇 살까지 아가라고 부를까?

이인자의 기분

D+312

지난주부터 아빠 껌딱지가 된 거니거니.
원래 아빠를 좋아했지만 더 강렬해졌다!
아빠가 있는 시간에는
주로 아빠 곁에 매달려 있다.
나는 편한 것 같기도 하고
약간 섭섭한 것 같기도 하고.

잠투정

D+313

거니가 요즘 잠들기 전에 엉엉 운다. 정말 엉엉.
“괜찮아, 내일 만나서 다시 놀자.” 부드럽게 말해도
안아서 달래도 책을 읽어 줘도 소용이 없다.
결국 거니는 울음으로 진이 빠져서 잠들고
우리는 거니 울음에 진이 빠져서 잠든다.

인기 좋은 간식

D+314

거니가 고구마 맛에 눈을 떴다.
꿀 고구마는 어른이 먹어도 맛있으니 당연할지도 모르겠지만
내 무릎을 잡고 참새처럼 서서 계속 입을 벌린다.
고구마 반 개를 거니 혼자 다 먹었다.

사고는 순식간에

D+315

거니가 책에 붙어 있던 인덱스 포스트잇을 삼키다가
목에 걸려서 토했다.
5초 전에 나랑 눈 마주치고 웃었는데
사고는 정말 순식간이다!

뭐든지 입에 넣고 보는 거니

D+316

거니가 오늘도 비닐을 먹었다.
다행히 입안에 손을 넣어서 바로 빼냈다.
어디서 나온 비닐 조각인지 몰라서 무섭게 느껴졌다.
거니야 미안해, 청소와 정리에 좀 더 신경을 쓸게!

뽀뽀

D+317

남편이 2박 3일 중국 출장에서 돌아왔다.
감격의 재회를 한 두 사람.
남편이 “아빠 뽀뽀” 하니까
거니가 입을 벌리고 남편 입술에 박치기를 한다.
거니야, 뽀뽀는 입을 다무는 게 매너야.

피로

D+318

내일은 건강검진 하는 날.
시험은 아니지만 건강검진 결과가
잘 나왔으면 좋겠어서 관리하고 싶었는데…
구내염에 잇몸도 붓고 난리가 났다.

건강검진

D+319

미루고 미루고 미루던
건강검진을 했다.
이렇게 본격적으로
다양한 검사를 받는 건 처음이라
긴장되는 마음과
근사한 마음이 동시에 들었다.

뭐든 게 다 궁금한 거니

D+320

거니의 하루는 은근히 바쁘다.

첫 컵 사용

D+322

거니가 혼자 컵을 들고 사용했다.
제법 야무지게 들고 물을 양껏,
마시고 싶은 만큼 꿀떡꿀떡 마셨다.

엄마가 되면 힘도 세지는 걸까

D+323

엘리베이터에서 만난 이웃분이 거니를 안고
짐을 잔뜩 메고 들고 있는 나를 보고
고개를 절레절레 흔들며
"역시 엄마들은 대단해!"라고 말했다.
1층에서 거니를 안고
이중 주차된 차를 밀고 있는 중에도 이웃분이 달려와
"아휴, 도와달라고 좀 하지!"라고 말하며
한숨을 쉬고 가셨다.
잘 모르는 사람들이 불쑥 나타나 걱정하고
마음 써 주는 일이 고마웠다.
그런데 정말 엄마가 되면 힘도 세지는 걸까.

처음 엄마라고 부른 날

D+326

첫 이발

D+327

거니 머리카락이 삐죽삐죽 나와서
손톱 가위로 조금 정리해 줬다.
깔끔해진 것 같기도 하고 아닌 것 같기도 하고.
흠…

수건 제작

D+330

거니 돌 기념으로 수건을 맞췄다.
수건 업체에서 만들어 주는 자수도 예쁜 이미지가 많은데
이왕이면 셋의 캐릭터를 넣고 싶어서 자수를 의뢰했다.
이렇게 꼭 일을 만들어 버린다.

이가 많이 난 거니

D+331

거니의 일곱 번째 이 등장!
두 개의 아랫니 옆에 하나가 새로 나오고 있는 걸 발견했다.

조는 모습

D+332

거니가 눈에 잠이 한가득인 채로 책을 뽑아 들고 와서는
5분도 못 보고 꾸벅꾸벅하다가 잠들었다.
거니가 조는 모습이 너무 재밌고 좋아서 사진을 찍었다.

복귀하는 마음

D+333

오랜만에 전시를 보고 재밌는 시간을 보내다가 집으로 돌아가는 길.
나도 모르게 "집에 가기 싫다"라는 말이 입에서 툭 나왔다.
집에는 남편과 거니가 다정하게 기다리고 있겠지만
해야 할 일들도 기다리고 있겠지.
뜬금없이 휴가를 마치고 부대로 복귀하는
군인들의 마음에 대해 깊이 생각하는 밤이다.

멈춰진 기분

D+334

아침부터 비가 오고 날씨가 제법 쌀쌀해졌다.
연말이 되어서일까, 우울한 기분이 쉽게 사라지지 않는다.
계속해서 한 발도 나아가지 못하고 서 있는 기분이다.

엄마, 아빠, 맘마

D+335

거니가 나와 남편을 번갈아 보며 "엄마, 아빠"라고 외쳤다.
거니가 요즘 할 수 있는 말은 "엄마, 아빠, 맘마".

빨대 컵 사용하기

D+337

두 달 전쯤 거니가 쓰지 못해서 넣어 두었던 빨대 컵을 다시 꺼냈다.
이번에도 처음에는 빨대를 질겅질겅 씹기만 했는데
물을 한번 빨아올려 보고는
방법을 알게 되었는지 신나게 물을 먹는다.
또 하나 새롭게 배웠다.

관찰자 거니거니

D+338

거니가 목욕하면서 연신 물기둥을 만져 본다.
그 모습을 보고 나도 어릴 때 똑같이 행동했던 게 떠올랐다.
세상에 신기한 것이 너무 많아서
오래오래 관찰할 것투성이었던 순간들.
갑자기 어린 시절이 그립다.

돌 촬영

D+339

스튜디오에서 돌 촬영을 했다.
거니가 아침부터 기분이 좋지 않았는데
역시나 사진의 90%가 무표정으로 나왔다.
밝게 웃는 모습을 사진으로 남기면 더 좋았겠지만
이건 이대로 추억이 되겠지?

엄마 경력 11개월 차

D+341

승하네 집에 가족 모두 놀러 갔다 왔다.
승하랑 거니는 동갑내기지만 7개월이나 차이가 나서 같이 놀지는 못했다.
그래도 매일 우리랑 지내다가 또래를 만나는 시간이 거니에게 좋았나 보다.
나도 언니한테 육아와 관련된 궁금한 것들을 물어볼 수 있어서 좋았다.
재밌게도 엄마는 아기와 같은 개월 수로 자라는 느낌이다.

여기 있지!

D+342

거니는 요즘 숨바꼭질에 재미를 붙였다.
내가 "거니 어디 갔지~ 안 보이네?" 하면
그게 그렇게 좋은지 커튼 안에서 어깨를 들썩이며 큭큭큭 웃는다.
내가 아무래도 못 찾겠다는 식으로 계속 찾는 시늉을 하면
안되겠는지 커튼을 들고 보여 준다. 나 여기 있어요!

산책

D+343

거니가 낮잠을 한숨도 안 자고
계속 안아 달라고 해서 힘들었다.
잠이 안 오면 즐겁게 놀기라도 하면 좋겠는데
잠을 못 자서 피곤하니까 짜증이 나는 모양이다.
완전히 지쳐서 오후에는 거니와 긴 산책을 나갔다.
산책을 나오면 마음이 금세 풀린다.
이걸 알면서도 매번 버티다가 나와서
매번 감탄을 한다.

로션이 맛있나

D+344

씻고 나와서 거니 몸에 로션을 발라 주려는데
거니가 로션을 손가락으로 찍어 입에 넣었다.
순간 놀랐지만 조금이니까 괜찮을 것 같아 표정을 살폈다.
맛이 없어서 당황했겠지?
찡그린 얼굴을 기대하며 보는데 거니가 다시 아무렇지 않게
손가락으로 로션을 찍어서 입으로 가져갔다.
설마, 그럴 리 없겠지만 아기 로션은 맛있나?
궁금해서 나도 찍어 먹어 볼 뻔했다.

어린이집 상담

D+345

요 며칠 거니를 돌보는 일이 힘들어서 어린이집 상담을 다녀왔다.
내년 3월이면 거니는 15개월이다.
어린이집에 보내기에 이른 나이인지 괜찮은 나이인지 잘 모르겠다.
처음 가 본 어린이집도 좋은 곳인지 아닌지, 상담만으로는 가늠하기 어려웠다.
다시 오지 않을 이 시기를 거니와 최대한 같이 보내는 것이 좋을까?
아니면 적극적으로 나를 돌볼 수 있는 시간을 만드는 것이 좋을까?

2차 영유아 검진

D+346

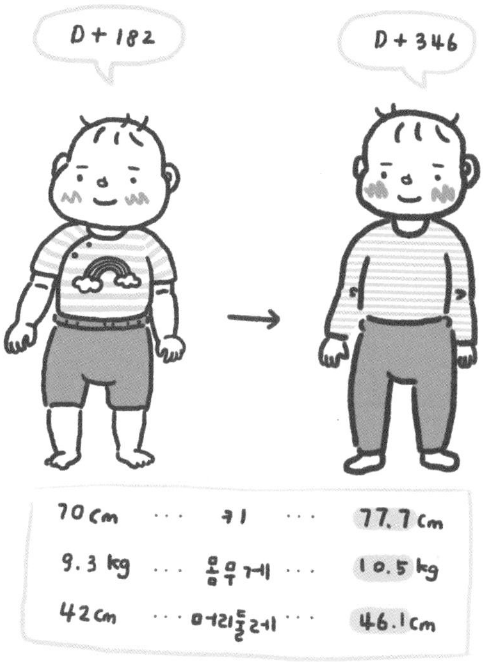

2차 영유아 검진을 다녀왔다.
통통하던 느낌이 사라지고 손발이 제법 커졌다.

파마

D+347

몇 년 만에 파마를 했다.
미용실에서 "요즘 정말 보기 드문 건강한 머리네요!"라는 칭찬(?)도 들었다.
완성된 머리는 어색했지만 변화를 주었다는 사실만으로 좋았다.
미용실에 오기 전까지 굳이 머리를 할 필요가 있을까 생각했다.
사람을 자주 만나는 것도 아니고, 집에서는 주로 머리를 묶고 있으니까.
그런데 매일 거울로 잠깐씩 마주하는 내가 있다는 사실을 잊고 있었나 보다.

거니를 춤추게 한 노래

D+348

거니가 할머니 집에서 동요에 맞춰
신나게 엉덩이를 흔들며 춤을 췄다.
가족 모두 웃음이 터져서 손뼉 치며 노래를 불러 줬다.
오늘 거니를 신나게 한 노래는 '달팽이 집을 지읍시다'.

낚시 놀이

D+349

거니가 냉장고에 붙어 있는 자석을 잘 가지고 놀아서
'낚시 놀이 장난감'을 사 줬다.
한두 달은 지나야 제대로 쓸 수 있을 줄 알았는데
금방 이쪽에서 저쪽으로, 바닥에서 빈 통으로
부지런히 물고기들을 옮겼다.
내가 처음으로 고른 장난감인데 거니가 잘 가지고 놀아 기쁘다.

무섭고 아쉬운

D+350

친구가 소리에 반응해서 움직이는 장난감을 줬다.
박수 소리에 노래를 부르면서 움직이는 상어라니.
거니가 얼마나 재밌어 할까.
기대하며 장난감을 꺼냈는데, 거니의 반응은 예상과 완전히 달랐다.
울 것 같은 얼굴로 상어가 다가올 때마다 피해 다니느라 바쁜 거니.
결국 장난감을 안 보이는 곳에 꽁꽁 숨겼다.
그러고 보니 어린 시절에 나도, 놀이공원에서 인형 탈을 쓴 연기자와 사진을 찍기 무서워 엉엉 울었던 기억이 났다.
그때 엄마가 사진기를 들고 무척 아쉬워했던 것도.

휴식이 필요해

D+351

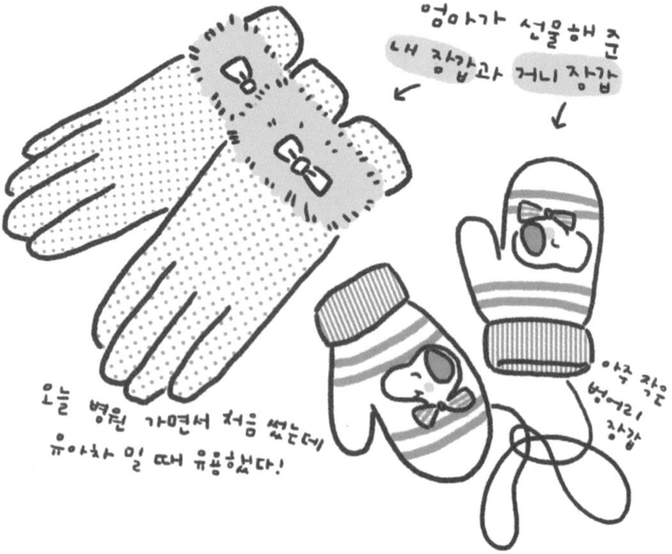

밤부터 귀 뒤쪽과 턱에 편두통 비슷한 통증이 왔다.
진통제를 먹어도 나아지지 않아서 병원에 다녀왔는데
처방은 역시나 '진통제와 휴식'.
일을 받아 두었는데 큰일이다.

후회

D+352

어제 받은 일의 양이 갑자기 두 배가 되었다는 연락을 받았다.
귀 뒤 통증은 낫지 않았고, 거니가 잘 때 일하는 게 체력적으로 쉽지 않다.
일을 잘 마무리하지 못할까 봐 걱정하느라 병이 더 심해지는 것 같다.
이번 일을 교훈 삼아 앞으로 일을 받을 때 원칙을 세워야겠다.
마감까지만 어떻게든 버티자!

하고 싶은 일들

D+353

미술 도구 체험단에 운 좋게 당첨되었다.
거니가 낮잠 자는 동안에 받은 도구들을 펼쳐 놓고
그림을 그리는데 너무너무 재밌고 좋았다.
거니를 낳기 전처럼 일상 드로잉도 하고 싶고
작업하던 그림책도 완성하고 싶고
구상만 했던 그림들도 쭉 그리고 싶고…
하고 싶은 일들이 연달아 떠오른다.
아직 엄두가 나지 않지만 차근차근 해 나가야지.
하고 싶은 마음을 소중하게 붙잡고서.

첫 가방

D+354

남편과 거니가 어머님 댁에 다녀온 덕분에
집에서 집중해서 일을 많이 끝냈다.
저녁에 거니가 고모에게 선물받은 가방을 들고 왔는데
자그마한 크기라 거니 몸에 잘 맞았다.
걷기 시작하면 여기에 간식과 물컵을 넣어 줘야지.
가방을 메고 총총 걸을 거니의 모습이 기대된다.

결국

D+355

몸은 쉬라는 신호를 계속 보냈는데
며칠간 진통제만 먹고 무리해서 몸살이 왔다.
열이 39도가 넘었다.
정말 아무것도 못하겠어서 약을 먹고 방에 누워 있는데
밖에서 남편과 거니가 다정하게 장난치는 소리가 들렸다.
일요일이라 다행이다.
얼른 쉬고 나아야지.

편도선염

D+356

아침에 남편이 출근을 조금 늦게 해서 병원에 다녀왔다.
편도선염이라고 한다. 감염성 질병이 아니라 다행이다.
목이 너무 아픈데 거니가 책을 계속 가지고 왔다. 흑흑.

입으로 쏙쏙

D+357

거니가 높은 곳에 올려 둔 귤을 집어서 껍질째 입에 넣었다.
씻지도 않은데다 너무 크게 물어서 깜짝 놀랐다.
얼른 거니 입에 손을 넣어 귤을 꺼내는데
뺏기기 싫은 거니가 이를 꽉 다무는 바람에 손가락을 세게 물렸다.
너무 아파서 다시 손을 넣기 두려웠지만 귤을 꺼내긴 꺼냈다.
요즘 거니는 먹으면 안 되는 것을 잽싸게 입에 넣어 버리고
나는 빼내려고 애쓰는 일을 반복하고 있다.

울다가 웃기

D+358

거니가 우연히 로션 뚜껑을 열고
순식간에 입으로 가져가서 쪽쪽 빠는 걸 빼앗았다.
비슷한 상황이 벌어질 때마다 당황한 척하지 않으려 해도
입에 넣어 삼키거나 목에 걸릴까 봐 놀라서 서둘러 뺏는다.
로션을 빼앗긴 거니가 엉엉 울어서
"이건 먹으면 안 되는 거야."라고 말하며 크게 엑스표를 그렸더니
거니가 울다가 그 모습이 재밌는지 웃었다. 참나.

와르르

D+359

휴, 거니가 점점 더 장난꾸러기가 되어 간다.

괜찮아, 괜찮아

D+360

거니가 또 서랍에 자기 손가락을 넣고 닫아서 엉엉 울었다.
달려가서 거니를 안고 토닥이면서
"괜찮아 거니야, 다음에는 다치지 않으면 돼. 괜찮아."라고 말했다.
말하면서 묘하게 나에게 하는 말처럼 느껴졌다.
괜찮아, 괜찮아. 다음에는 좀 더 나아지면 돼.

낮잠 시간

D+361

거니의 낮잠이 한 번으로 줄었다.
엄청 아쉽다.

돌잔치

D+362

집 근처 한정식집에서 가족, 친지분들과 소박한 돌잔치를 했다.
재미 삼아 돌잡이도 하고 떡과 과일도 나누어 먹고 사진도 찍었다.
앞으로 거니는 어떤 걸 좋아하고 어떤 꿈을 꾸는 사람이 될까?
거니야~ 기억하지 못하겠지만 많은 분들에게 축하를 받은 생일이었어!

발밑에서 엉엉

D+364

거니가 종일 아무것도 못하게 붙잡고 울었다.
설거지와 하다 만 요리들이 쌓였다.
마음만큼 심란한 집 안을 둘러보니 이대론 안 될 것 같다.
하루에 두세 시간이라도 어린이집에 보내면 지금보다 낫지 않을까?
하지만 아직은 엄마와 떨어지기 너무 이르겠지?
인터넷으로 비슷한 고민을 하는 엄마들의 사연과 댓글을 찾아 읽었다.
사람마다 상황이 조금씩 다르고 결정도 다르고 의견도 달랐다.
결국은 내가 고민하고 결정해야 하는 일이구나. 어렵다.

벌써 일 년

D+365

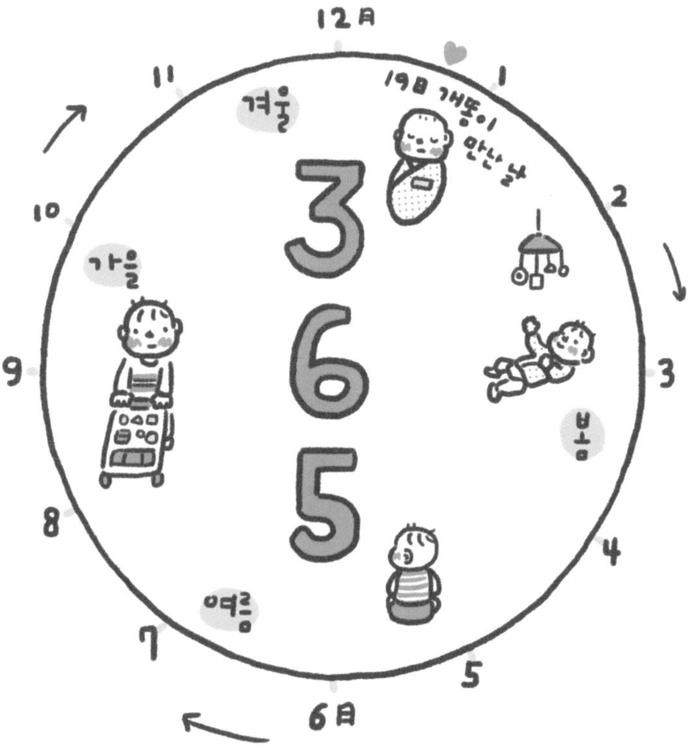

1년의 시간이 슝슝 지나갔다.
계절이 한 바퀴 돌았고 거니가 많이 자랐다.
나도 '엄마'라는 이름에 조금 더 익숙해졌다.

에필로그

언제부턴가 거니가 잠이 들면
엄마 모드가
꺼지는
동시에
엄마 모드 ON
OFF
몸에서 건전지가
빠져나간 듯한 기분이 들었다.
급한 집안일과
기저귀 주문 등을 해치우고
의욕 없이 누워 있다가
거니가 잠에서 깨면
으앙 으앙~
다시 아무 일도 없었던 것처럼
돌아오는 일이 반복되었다.
팟

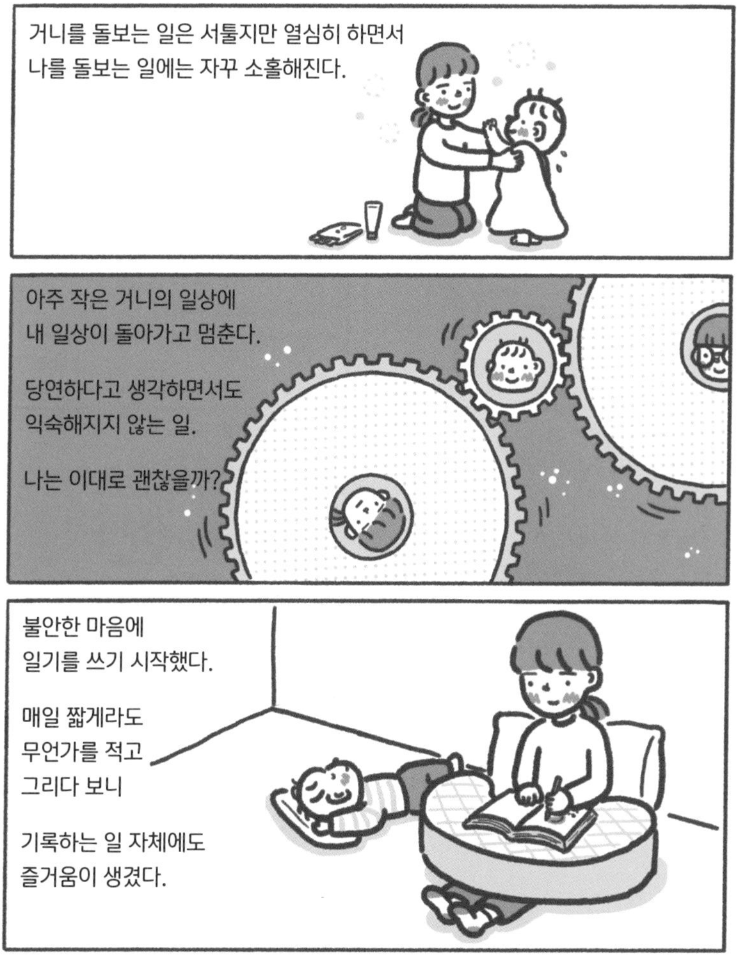
거니를 돌보는 일은 서툴지만 열심히 하면서
나를 돌보는 일에는 자꾸 소홀해진다.
아주 작은 거니의 일상에
내 일상이 돌아가고 멈춘다.
당연하다고 생각하면서도
익숙해지지 않는 일.
나는 이대로 괜찮을까?
불안한 마음에
일기를 쓰기 시작했다.
매일 짧게라도
무언가를 적고
그리다 보니
기록하는 일 자체에도
즐거움이 생겼다.

백일 이후에는 컴퓨터로 그려서
SNS에도 올리기 시작했다.
우리 사이에 나타난 거니
혼잣말에 가까운 일기에
공감해 주는 사람들과
잘 보고 있다고 말해 주는 친구들,
내 일기를 의미 있는 일로
생각해 주는 첫 번째 독자인
남편 덕분에 일 년 동안
꾸준히 쓸 수 있었다.
어느 날 내가
“우리가 하는 선택 때문에
거니가 힘들까 봐 걱정이 돼서
결정을 잘 못 내리겠어.”
라고 말하자, 남편이 대답했다.
“어쩌면 우리 예상과 다르게
거니가 힘들 때도 있을 거야.
하지만 우리가 일부러 그런 것도
늘 그러는 것도 아니니까
미리 걱정하지 말자.
누구나 살다 보면 편안한 날도
힘든 날도 있는 거잖아.”
괜찮아

맞는 말이다.
그동안
1인분의 삶만 돌보다가 갑자기
2인분의 삶을 돌보게 되었으니
지치고 힘든 건 자연스러운
일인지도 모르겠다.

육아를 시작한 지 이제 2년 차.
여전히 당황스러운 일이 많은 초보 엄마지만
앞으로 나와 거니 사이에서 균형을 잘 찾아가며
나를 돌보는 일에도 계속 노력하는 사람이고 싶다.
마

네가 처음 엄마라고 부른 날
일러스트레이터 홀링의 2인분 성장 일기

2021년 5월 8일 초판 1쇄

지은이 홀링
편집 이지혜, 노한나, 이루리
디자인 스튜디오 서로
마케팅 최은애, 이향령
펴낸이 이순영
펴낸곳 북극곰

출판등록 2009년 6월 25일(제 300-2009-73호)
주소 서울시 마포구 독막로 320 B106호
전화 02-359-5220
팩스 02-359-5221
이메일 bookgoodcome@gmail.com
홈페이지 www.bookgoodcome.com

ISBN 979-11-6588-096-5 (03810)
책값은 뒤표지에 있습니다.
잘못된 책은 바꾸어 드립니다.